2009년도
제24회 소월시문학상 작품집

2009년도
제24회 소월시문학상 작품집

문학사상

제24회 소월시문학상 대상 수상작 선정 이유서

**문학사상 주관 2009년도 소월시문학상 대상 수상작
박형준 시인의 〈가슴의 환한 고동 외에는〉 외 14편 선정**

(주)문학사상 제정 2009년도 제24회 소월시문학상 대상 수상작으로 박형준 시인의 〈가슴의 환한 고동 외에는〉 외 14편을 선정한다.

박형준 시인의 시 작품들은 사물에 대한 감각적 인식을 서정의 언어로 담아내면서 그 심미성을 보다 깊이 있게 드러내는 독특한 어조를 변화 있게 활용한다. 이러한 시법은 개인의 삶의 영역에서부터 우주적 자연에 이르기까지 시적 대상을 인식하는 섬세한 감각으로 더욱 빛을 발한다. 그러므로 박형준 시인은 한국 서정시의 전통을 가장 현대적으로 재해석하고 있는 시인이라고 평가할 만하다.

소월시문학상 심사위원회는 박형준 시인의 〈가슴의 환한 고동 외에는〉 외 14편이 보여주는 이지와 감성의 결합, 언어와 율조의 긴장, 감각과 서정의 균형 등을 통한 시적 성취를 높이 평가하여 제24회 소월시문학상 대상 수상작으로 선정한다.

2009년 4월

소월시문학상 심사위원회

김남조 · 오세영 · 문정희 · 송수권 · 권영민

차례

제24회 소월시문학상 대상 수상작 선정 이유서   5

대상 수상작

박형준

가슴의 환한 고동 외에는   15

휘파람   16

독음獨吟   18

몽고반점   20

밤 시장   22

강물이 언어로 속삭인다   24

해가 들지 않는 곳에서 빛이 내릴 때   26

근원 가까이에서 울고 있는 새들   28

여름밤   29

돼지의 속눈썹   30

봄 우레   32

미역 건지는 노파   34

어린 시절   35

가을밤 귀뚜라미 울음   36

마리나 츠베타예바를 읽는 저녁   38

장님 물고기　43

개밥바라기　44

책상　45

춤　46

흔적　48

하현下弦　49

능구렁이 울음소리　50

사랑　52

저곳　54

천식　55

해가 질 때　56

묘비명墓碑銘　57

가구家具의 힘　58

달팽이　60

어머니　61

박형준 시인의 대상 수상 소감 및 문학적 자서전

| 수상 소감 |
박형준 _ 순간의 전율   65

| 문학적 자서전 |
박형준 _ 죽음이 자아내는 무지갯빛처럼   68

대상 수상 시인 박형준과 그의 작품세계

| 작품론 |
차창룡 _ 아무것도 아니면서 모든 것인 "가슴의 환한 고동"   85

| 작가론 |
이기인 _ 허기의 탐미   101

우수상 수상작
(등단연도 순)

이재무

신발이 나를 신고   117

낮잠   118

뜨거운 여름   119

자국   121

칼과 도마   122

수평선   123

봄밤   124

흑산도 홍어   125

송재학

늪의 內簡體를 얻다   129

달 가듯이   131

절벽   132

담쟁이 燈   133

소리冊   134

자두밭 이발소   136

환승   138

개울은 그렇게 셈해졌다   139

우수상 수상작
(등단연도 순)

장석남

석류 익는 시간　143

중년中年　144

여행　145

방　146

바위 그늘 나와서 석류꽃 기다리듯　147

묘지　148

처서處暑 단상斷想　149

대설大雪　150

권혁웅

드라마　153

순수의 시대—드라마 2　155

개와 늑대의 시간—드라마 3　157

에덴의 동쪽—드라마 5　159

분노의 포도—드라마 6　161

사춘기　163

기록보관소　164

불멸의 오랑우탄　166

김선우

바다풀 시집　171

이건 누구의 구두 한 짝이지?　173

눈많은그늘나비　174

구석 그리고 구석기 홀릭　176

얼음놀이　178

12월 마지막 날 B형 여자의 독백—13월에게　180

겨우살이—그림자의 사전 1　182

목련 열매를 가진 오후　183

심사평

김남조 _ 서정의 확충과 시적인 시선　187

오세영 _ 삶의 따뜻한 시선　189

문정희 _ 이미지를 언어로 포착하는 힘　192

송수권 _ 소월의 계보학　194

권영민 _ 이지와 감성의 시적 균형　196

박형준
가슴의 환한 고동 외에는 외

1966년 전북 정읍에서 태어나
서울예대 문예창작과와 명지대 대학원 문예창작학과 박사과정을 수료했다.
1991년 《한국일보》 신춘문예에 〈가구家具의 힘〉이 당선되어 등단했으며,
시집으로 《나는 이제 소멸에 대해서 이야기하련다》《빵냄새를 풍기는 거울》
《물속까지 잎사귀가 피어 있다》《춤》이 있고,
산문집으로 《저녁의 무늬》《아름다움에 허기지다》가 있다.
동서문학상, 현대시학작품상, 꿈과시문학상을 수상했다.

가슴의 환한 고동 외에는

가슴의 환한 고동 외에는 들려줄 게 없는*
봄 저녁
나는 바람 냄새 나는 머리칼
거리를 질주하는 짐승
짐승 속에 살아 있는 영혼
그늘 속에서 피우는
회양목의 작은 노란 꽃망울이 얼마나 아름다운지
눈꺼풀에 올려논 지구가 물방울 속에서
내 발밑으로 꺼져가는데
하루만 지나도 눈물 냄새는 얼마나 지독한지
우리는 무사했고 꿈속에서도 무사한 거리
질주하는
내 발밑으로 초록의 은밀한 추억들이
자꾸 꺼져가는데

*첫 시집의 〈물방울의 밑그림〉에서.

휘파람

골목에서 신사가 내려온다.
반질반질 윤이 나는 구두에 울퉁불퉁한 바람이 불고
칼주름이 잡힌 바지,
목때가 적은 와이셔츠,
촌스럽지만 여전히 빛이 나는 넥타이,
구멍 하나 없는 도톰한 양말,
소매가 얇게 낡은 코트,
자신의 옷 중에서 가장 새 옷을 입은
신사의 환한 주름살이,
골목을 내려간다.
코트 주머니엔 장식 없는 집열쇠 두 개
나머지 한쪽엔 마지막 코트를 입었을 적에 태운
담배꽁초 하나, 손에 만져지는 순간
담배를 피울 때마다 말리던 연상 애인의
즐거운 웃음이 메어오고
조금 부패된 헤어왁스를 바른 머리카락이
초겨울 쓸쓸한 골목 바람에 어색하게 날린다.
골목길 아래 펼쳐진 다닥다닥 알록달록 그만그만하게
서로 이마를 맞부비고 있는, 넘치는 지붕의 풍광 같은
누군가 초대한 근사한 저녁 식사를 하러 간다.
깨진 보도블록을 피해 떨어지는 햇살에

어깨에서 흘러내리는 가방끈을 올려메고
중년의 애착이 담긴 곡조가 없는 휘파람을 부른다.
남자의 눈썹엔 희미한 음표들이 내려앉고
코트 안주머니 수첩엔 언제 넣어두었는지 모르는
헤어진 애인의 사진이 바래어가고
음식점마다 고기 굽는 냄새가 얇은 코트 속으로 배어들어오는
저 불빛들 밑 간판 사이로 걸음을 재촉한다.

오늘도 맨밥에 목이 메는
스스로가 스스로를 초대한 백반의 저녁 식사.

독음獨吟

목련꽃이 피어 있는
담장 밑에서
엎어질 듯 앉아서
한 남자가 취해서
치지도 못하는 기타를 튕기고 있다

엽맥까지 이슬을 머금은
봄밤의 핫핫한 단내를 뒤지다
쓰레기통을 가로질러
담장을 넘어
잽싸게 목련꽃 속으로 사라지는
잿빛 고양이

달 아래서
줄 떨어진 기타를
뜯듯 튕겨내며
술의 첫 이슬로 거슬러가는
한 남자의 음吟

집 안의 창문들이
어렴풋이 모습을 드러내는 새벽

쓸쓸한 손이 땅에
독음獨淫처럼 고독하게
곯아떨어져 있다
벙그는 목련꽃 송이 몇
쓰레기통 옆에 떨어져 있다

몽고반점

세상의 가장 부드러운 엉덩이
깊다란 슬픔을 더듬어
내려온 저 빛은.

창의 거기에
목숨이 짧은
푸른 눈의 잠자리가 떨고 있다.

사방이 담장으로 막힌
가장 낮은 굴에 내려와
비밀 한 자락을
슬쩍 내비치고 사라지는
정오의 빛은.

추운 대양을 건너와
사막에서 여름을 나는 마젤란펭귄처럼
짧은 날개를 겨드랑이에 붙이고
그는 지금 관목숲에 번지는,
해를 바라보는 중이다.

하루에 한 번 빛이 드는 창

빛을 기다리며 그는 순결해진다.
실핏줄이 가시지 않은
어린 꽃잎처럼
잠시만 투명한 빛이 머무는
정오의 지하방

모든 자연의 의식 속에서
가장 무죄한 저 멍자국,
하느님이 가난한 자의 창에
하루에 단 한 번 불어넣는 숨결이다.
푸른 눈의 잠자리가 거기,
아직 눈부시게 떨고 있다.

밤 시장

텅 빈 시장을 밝히는 불빛들 속에서
한 여자가 물건을 사들고 집으로 간다.
집에 불빛이 켜 있지 않다면
삶은 얼마나 쓸쓸할 것인가.
밤 시장,
얼마나 뜨거운 단어인가!

빈 의자들은 불빛을 받으며
누군가를 기다리고 있다.
밤은 깊어가는데 아무도 오지 않고
빈 의자들은 깜빡거리며 꿈을 꾼다.
밤 시장을 걷다 보면
집에서 누군가 기다리고 있다는
가장 쓸쓸한, 뜨거운 빈 의자들과 만난다.

텅 빈 상점 안을 혼자 밝히고 있는
백열전구 속 필라멘트처럼
집을 향해 오는 이를 위해
불꽃이고 싶다.
삭힐 수만 있다면 인생의 식탁을
풀처럼 연한

그런 불꽃으로 차리련다.

강물이 언어로 속삭인다

새벽 다섯 시면
강물이 산길을 흘러내려온다
먼 길을 시골길도 아니고 도시의 새벽길을 밟아
닫혀진 내 집 창문을 흔드는 강물 소리
전세를 얻고 이 집에서 이태를 넘게 살면서도
처음에는 강물 소리를 듣지 못하고 살았다
언제부턴가 새벽 다섯 시만 되면
나는 강물 소리를 기다렸다
어떤 날은 책을 읽다가 밤을 하얗게 새워버리고
새벽 창을 두드리는 소리를 가만히 듣곤 하였다
숲에 번지는 불을 몰고서 멀리서부터 흘러내려오며
산들바람처럼 새벽 숲을 흔든다
강물 소리는 산길을 내려와 동네로 접어든다
삐뚤빼뚤한 변두리 골목길을 올라오면서
엄마를 깨우는 아기의 울음소리와 섞이고
숨을 헉헉대면서 높은 골목길의 쓰레기를 치우는
청소부의 고단한 어깨를 스친다

새벽 다섯 시면 댕댕댕 산중턱의 절에서 흘러내려온다
비 온 뒤 거리의 보도블록에서
풀들이 솟아나오듯

도시의 시멘트에 가두어놓은 저 시퍼런 범종 소리
새벽 창에 강물이 언어로 속삭인다

해가 들지 않는 곳에서 빛이 내릴 때

해가 들지 않는 곳에서
빛이 내린다 비가 휙휙 내린다
한 걸음 뗄 때 사선으로 날리다가
소리 죽여 머리에 떨어지다가
찰칵찰칵 변두리 동네의 양철 지붕을 때린다
저녁 산책을 나온 중풍 걸린 노인과
골목의 커브에서 딱 마주친 날
한 걸음 뗄 때마다 의지와는 상관없이
따로 노는 두 다리와 허공에 쳐들린 두 손,
무아지경의 춤이 골목길에 환하다
비가 사방에서 뛰어온다
이제 막 걸음마를 뗀 아기가
엄마를 향해 까르륵 웃으며 달려가는 것처럼
간신히 대지를 지탱하는 다리의 쾌감이
변두리 골목, 사방의 하늘에 번지고 있다
해가 비치지 않는 곳에서
사방에서 내리는 비는,
아기와 노인의 걸음마가 똑같아지는
쾌감의 순간이다 대초원의 소리처럼 비는
성대를 울리며 울퉁불퉁한 골목길을 지나간다
중풍 걸린 노인이 지나간다

지팡이도 없이 노인이 걸을 때마다
해 진 뒤의 잔광처럼 골목길이 환하다
저쪽 커브 저편, 열려 있는 창문으로
빗소리를 듣고 있는 할머니
기다란 한숨이 나뭇잎에서 뚝뚝 떨어지고 있다

근원 가까이에서 울고 있는 새들

한밤중에
호수에서 소리가 울린다
이제는 떠나기 어려운 철새 떼가
날개짓으로 얼음을 치고 있다
꽝꽝한 얼음 속에
제 나라가 있다는 듯
공중에서 일렬로 곤두박질쳤다 솟구친다
얼어붙는 호수에서 먹이를 구해야 하는
새 떼들이 밤중마다 얼음을 깨고 있다
뒤처진 날개의 힘이
전력으로 호수 한가운데로 떨어지고 있다
텅텅텅
얼음 위에 울리는
성스러운 시간
새 떼들의 날갯죽지에서 빛나는
까아만 살얼음

여름밤

저녁이면 늙은 고양이
무릎 위에 올려놓고
살결이 희어지는 꿈을 꾸는 노파들,
자기 무릎에 몸을 둥글게 말고
자기 살 속의 별빛에 취해 잠드는
고양이들과 도무지 분간 안 되는
저 교만한 시간들이여
풀씨들이 하나둘 피어나는
창천蒼天의 구멍마다
그녀들의 웃음소리 스며 있지 않는 곳 없다
노파들은 가끔씩 쉴새없이 떠들어대는
입을 다물고 자기 무릎에 뉘어논 고양이를 흔들어
졸음에 겨운 눈 속에서 어린이책 같은 시간을 읽는다
여름밤엔 그녀들의 눈보다
주름살이 더욱 가느스름해진다
자기 몸속에서 풍겨나는
냄새에 취해
이슬에 가깝게 투명해지는 유령들,
일몰 후에도 사라지지 않는
젖은 태양의 일렁임.

돼지의 속눈썹

밤늦게 돌아오는 밤에는
거울을 보고 운다
누군가 거울 속에서
부드럽게 속눈썹을 만진다

홍수에 떠내려가는 자운영
지붕 위로 떠밀려온 꽃밭
그 위에서 울고 있는 돼지
흙탕물 속에서
꽃뿌리에 감긴 다리
꽃잎의 흙탕물이 밴
돼지의 속눈썹

거센 비 지나간 후
하늘은 말끔히 개어 있다
누구도 지붕 위에서 혼자 울고 있는
돼지에게 말을 걸지 마라

생의 널빤지를 잡고
죽은 자의 그림자가 거꾸로 비치는
도시의 수평선에서

간신히 귀환하는 날
거울 속에서,
고독한 집의 강물에서,
지붕을 타고 하류로 떠내려간 돼지가
울고 있는 밤이 있다

봄 우레

어머니
당신은 언제 손거울을 꺼내 얼굴을 보십니까
당신의 그리움은 언제
배추 이랑에 때까치처럼 내려앉습니까
젊었을 적 눈썹 그릴 때만 보던
손거울을 어디에 숨겨두셨습니까

감꽃이 소낙비처럼 떨어지는 날엔
당신은 친정집 툇마루에
처녀로 앉아 있는 꿈을 꾸십니까

당신 없는 고향집
문설주에 기대어
봄 우레를 듣고 있습니다
겨울날 울타리 밑에서 햇볕을 쬐는
고아들이 따뜻하지만 몸을 떨듯이

어머니
봄에 우는 우레는
울어도 우레 같지 않습니다
먼 산에서 나지막하게 우는 당신 같습니다

숨겨둔 손거울 같은
당신의 삶이 몰래 운 것입니다

미역 건지는 노파

파도에 떠밀려온 노을을
노파는 바지랑대로 건져낸다
불꽃들이 수평선 너머에서 건너온다
해안을 이리저리 날아다니던 나비 떼가
물결치는 자운영 꽃밭
물길 가득 피어 있는 꽃잎에 내려앉았다가
소용돌이 속으로 빠져든다
지는 놀에 허리가 더 굽어진
노파는 바지랑대로 연신 봄바다를 휘저으며
제의의 희생물을 건진다
자운영 꽃밭 너머
바다로 나가서 돌아오지 않는 사람,
노인의 저녁 식탁엔 죽은 나비들이 놓여 있다

어린 시절

저녁을 굶고 지붕에 내리는 빗소리를 듣는다
삼십 촉 전등에 뜰 앞 나무의 풋대추가 비치는데
오는 사람은 없고 오는 비만 있는 저문 집
아궁이에서 저 홀로 타는 장작.소리
설핏 잠이 든 사이 후두둑
초롱초롱한 풋대추 한 대접 지붕에 구르는데
밤비에 글썽이며 빛을 내는 옹기들처럼

가을밤 귀뚜라미 울음

시가 써지지 않아
책상의 컴퓨터를 끄고 방바닥으로 내려와
연필을 깎는다
저녁 해가 넘어가다 말고
창호지에 어른거릴 때면
방문 앞에 앉아서 연필 칼끝으로
발뒤꿈치의 굳은살을 깎아내던
아버지처럼, 그것이 노동의 달콤함이고
그만의 소박한 휴식이었던 그 사람처럼

살아 계실 때 시골에서 쌀과 깻잎을 등에 지고
말씀 한번 없이 내 반지하방에 찾아오던 아버지
비좁은 방바닥에 엎드려 시를 쓰는 아들을 위해
벽을 사이에 둔 것처럼 돌아앉아
버릇처럼 발바닥의 굳은살을 떼어내던 사람
시가 써지지 않아 고개 들면
어느새 반지하의 창에 어른거리던 저녁 빛이
작고 구부정한 등에 실루엣으로 남아 있고
글씨 그만 쓰고 밥 먹거라
방해될까봐 돌아앉지 못하고
내 등을 향한 듯한 그 사무치던 음성

밥과 같은 시
영원히 해갈되지 않으면서
겨우 배고픔만 면하게 해주던 시처럼
가을밤 귀뚜라미 울음
이제는 무디고 무디어진 연필심에서 저미어 나온다

마리나 츠베타예바를 읽는 저녁

목소리를 받은 한,
나머지는 모두 빼앗겨야만 하는
마리나 츠베타예바와
시인인 우리는 최하류 난민이라는
마리나 츠베타예바와
몽상의 짐을 날라주고 날라주는
짐 싣는 노새! 책상에 앉아 창가의
나뭇잎 하나가, 잊혀진 채,
아직 저 꼭대기에 남아 있다고 노래하는
마리나 츠베타예바와

저녁밥을 먹고
물을 마시고
책을 덮고
겨울, 창가에 쌓인 눈발에
서리가 빛나는 것을 보고

골목에 나와
그녀가 보았던 나무 꼭대기에서
내려온 고양이를 팔뚝에 앉히고
우는 소리를 듣는다

하나 남은 빛이 우는 소리를 듣는다

박형준
장님 물고기 외 14편

장님 물고기

이제 나는 흐르는 눈물 때문에
뒤로 물러나는 물고기*
낯선 바다에서 온 물고기

죽는 순간 단 한 번 눈을 감는 물고기
당신을 무덤처럼 봉인하는 그때까지
뒤로 물러나는 물고기

당신의 주름살에 눈물의 힘이
심해의 파도를 일으키고
감정이 딱딱하게 굳는 그 순간까지
제자리에서 천천히 지느러미를 젓는 물고기

흐르는 눈물 때문에
당신이 정말 거기 계신지도 모르는
단 한 번 당신의 모습
제대로 본 적 없는
이제 나는 반쯤 눈이 먼 장님 물고기

*보르헤스를 장님 물고기라 부른다.

박형준 43

개밥바라기

노인은 먹은 것이 없다고 혼잣말을 하다
고개만 돌린 채 창문을 바라본다.
개밥바라기, 오래전에 빠져버린 어금니처럼 반짝인다.
노인은 시골집에 혼자 버려두고 온 개를 생각한다.
툇마루 밑의 흙을 파내다
배고픔 뉘일 구덩이에 몸을 웅크린 채
앞다리를 모으고 있을 개. 저녁밥 때가 되어도 집은 조용하다
매일 누워 운신을 못하는 노인의 침대는
가운데가 푹 꺼져 있다.
초저녁 창문에 먼 데 낑낑대는 소리,
노인은 툇마루 속 구덩이에서 귀를 쫑긋대며
자신의 발자국 소리를 기다리는
배고픈 개의 밥바라기 별을 올려다본다.
까실한 개의 혓바닥이 금이 간 허리에 느껴진다.
깨진 토기 같은 피부
초저녁 맑은 허기가 핥고 지나간다.

책상

책에는 두 번 다시 발을 담글 수 없어요
나는 책상에 강물을 올려놓고 그저 펼쳐볼 뿐이에요
내 거처는 공간이 아니라 시간일 뿐

나는 어스름한 빛에 얼룩진 짧은 저녁을 좋아하고
책 모서리에 닿는 작은 바스락거림을 사랑하지요
예언적인 강풍이 창을 때리는 겨울엔
그 반향으로 페이지가 몇 장 넘어가지만
나는 벽에 부딪혀 텅·빈 방 안을 울리는 메아리의 말과
창밖 단풍나무 꼭대기에서 식사를 하고
매일 새롭게 달라지는 거처를 순간 속에 마련할 뿐

죽음이 뻔뻔하게 자신의 얼굴을 하나하나 벗기면서
안을 드러내는 밤중엔
여유롭게 횡단하지요, 나는 어둔 책 속에 발을 담그지 않아요
그저 책상에 흐르는 강물 끝에 손을 적실 수 있을 뿐

책상에 넘치는 강물 위로,
검은 눈의 처녀가 걸어나오는 시각엔
바람의 냄새가 흘러내리는 머리카락 속에
얼굴을 묻고 대양을 꿈꾸지요

춤

첫 비행이 죽음이 될 수 있으나, 어린 송골매는
절벽의 꽃을 따는 것으로 비행 연습을 한다.

근육은 날자마자
고독으로 오므라든다

날개 밑에 부풀어오르는 하늘과
전율 사이
꽃이 거기 있어서

절해고도絕海孤島,
내리꽂혔다
솟구친다
근육이 오므라졌다
펴지는 이 쾌감

살을 상상하는 동안
발톱이 점점 바람 무늬로 뒤덮인다
발 아래 움켜쥔 고독이
무게가 느껴지지 않아서

상공에 날개를 활짝 펴고
외침이 절해를 찢어놓으며
서녘 하늘에 날라다 퍼낸 꽃물이 몇 동이일까

천길 절벽 아래
꽃파도가 인다

흔적

입을 벌리고 그는 잠을 잔다
난쟁이들이 들락거리는 꿈이라도 꾸는가
썩어버린 이가 동굴 천장에 매달린 종유석이다
꽃 한 송이를 밀어넣으면
금세 흉곽까지 내려가리라
그의 잠은 배고픈 블랙홀이다
그러다가 간혹 휘파람 소리를 내보낸다
사방이 빌딩으로 막힌 작은 공원,
한껏 벌어진 그의 입속에 겨울빛이 동면을 서두른다
더 어두워지기 전에 빛이, 종유석에 부딪히며
아래로 아래로 꺼져간다
간밤에 큰 눈이 내렸다
그의 한껏 벌어진 입속에도
따뜻한 잎들이 두껍게 깔려 있을 것이다
하지만 눈밭 속에서 내가 도착했을 때
아침 햇살을 받으며 그가 누워 있던 곳은
자리만 찍혀 있고,
길게 발자국이 흔적에서 뻗어나가고 있는 것이었다

하현下弦

창문에 뭉툭한 손이 내려오네

시골에서 보내온 감자를 삶아 먹는 밤, 어머니 한숨 한 꺼풀
한 꺼풀 벗겨지네

새벽을 기다리네
거미가 가등에 달라붙어 새벽이 터지는 빛살들로 날개 한
벌 짜려고 하네
꼼짝도 않고 기다리네

먼 훗날, 감자껍질 벗겨 희디흰 속살 먹는 소녀의 창가를 엿
보리
무서리 저리 내리는 날
날개를 반쯤 펴고

젖어서, 가만히 딸의 창문에 비치리

능구렁이 울음소리

키 큰 대나무 마디마다 장신의 능구렁이가 살고 있어 해질
녘이면 공중에서 비늘을 털어낸다
뱀의 피를 섞어서 우는 혼령이여

두렵게 두렵게 산길을 걷다 만나는 대나무 수풀의 키 큰 산
죽山竹을 바라보며 크다 나는 바람교도가 되어버렸다

어느 여름 대나무 담벼락을 지나다 붉은 헝겊을 보았다 멀
리서부터 책보 속에 달그락거리는 젓가락만큼 마음이 달아 한
걸음에 그 앞에 섰다 귀신에 홀려 죽은 소녀의 머리에서 떨어
진 댕기가 저리 가슴을 저릴까

손으로 집으려 하자 붉은 헝겊은 똬리가 펴지더니 뱀이 되
었다 대나무 마디마다 붉게 울어 혼이 되어버린 뱀아
죽은 소녀의 머리카락으로 올라가 다시 댕기가 되어라

나는 대나무 담벼락으로 사라지는 뱀꼬리를 밟고 서버렸다
도망가려고 앞머리를 쳐들고 팽팽해진 뱀꼬리가 발바닥에서
순식간에 뇌의 한쪽을 쳐 환했다

키 큰 대나무 공중에서 젓가락만큼씩 꽃이 진해진다

이제는 집을 수도 발을 뗄 수도 없는 붉은 헝겊이 내게는 미美
의 전부였음을 안다
　해꼬리에 묻혀 대나무 수풀을 흔드는 뛰디딕뛰딕 울음소리

사랑

오리 떼가 헤엄치고 있다.
그녀의 맨발을 어루만져주고 싶다.
홍조가 도는 그녀의 맨발,
실뱀이 호수를 건너듯 간질여주고 싶다.
날개를 접고 호수 위에 떠 있는 오리 떼.
맷돌보다 무겁게 가라앉는 저녁 해.

우리는 풀밭에 앉아 있다.
산 너머로 뒤늦게 날아온 한 떼의 오리들이
붉게 물든 날개를 호수에 처박았다.
들풀보다 낮게 흔들리는 그녀의 맨발,
두 다리를 맞부딪치면
새처럼 날아갈 것 같기만 한.

해가 지는 속도보다 빨리
어둠이 깔리는 풀밭.
벗은 맨발을 하늘에 띄우고 흔들리는 흰 풀꽃들,
나는 가만히 어둠 속에서 날개를 퍼덕여
오리처럼 한번 힘차게 날아보고 싶다.

뒤뚱거리며 쫓아가는 못난 오리,

오래전에
나는 그녀의 눈 속에
힘겹게 떠 있었으나.

저곳

공중空中이란 말
참 좋지요
중심이 비어서
새들이
꽉 찬
저곳

그대와
그 안에서
방을 들이고
아이를 낳고
냄새를 피웠으면

공중空中이라는
말

뼛속이 비어서
하늘 끝까지
날아가는
새 떼

천식

거품들이 나를 이곳에 데려왔다. 숨죽인 해변에 새들이 죽어 있다. 저것들은, 오래전의 헛것들이다. 날개를 벗어버린 꿈들이 부서져버린다.

어느 해안을 떠돌다 왔을까. 나를 차지했으나, 끝내 모습을 감추고 헛되이 끼루룩거리는 바다에서, 죽은 새들이 해변을 점령한 오후에, 거품들이 급격히 불어난다. 멀리, 섬들이 솟아 있다.

해가 질 때

냇물에 발을 씻으며
메밀꽃밭 저녁 해에 붉게 피어난다

어린 나만 놔두고 할머니는
메밀꽃밭을 이고 저승으로 가시었으나
낮아지는 저녁 해를 타고
다 커서도 혼자 놀고 있는 나를 찾아
저렇게 냇물에 발을 씻으신다

해가 질 때까지 할머니는
메밀꽃밭에 앉아 계시리라,
붉게 남은 빛이 오래 나를 지켜주리라

묘비명墓碑銘

유별나게 긴 다리를 타고난 사내는
돌아다니느라 인생을 허비했다
걷지 않고서는 사는 게 무의미했던
사내가 신었던 신발들은 추상적이 되어
길 가장자리에 버려지곤 했다, 시간이 흘러
그 속에 흙이 채워지고 풀씨가 날아와
작은 무덤이 되어 가느다란 꽃을 피웠다
허공에 주인의 발바닥을 거꾸로 들어올려
이곳의 행적을 기록했다,
신발들은 그렇게 잊혀지곤 했다

기억이란 끔찍한 물질이다
망각되기 위해 버려진 신발들이
사실은 나를 신고 다녔음을 깨닫는 데는
오래 걸리지 않는다, 맨발은 금방 망각을 그리워한다

가구家具의 힘

얼마 전에 졸부가 된 사람이 있다
그 사람은 나의 외삼촌이다
나는 그 집에 여러 번 초대받았지만
그때마다 이유를 만들어 한 번도 가지 않았다
어머니는 방마다 사각 브라운관 TV들이 한 대씩 놓여 있는 것이
여간 부러운 게 아닌지 다녀오신 얘기를 하며
시장에서 사온 고구마순을 뚝뚝 끊어 벗겨내실 때마다
무능한 나의 살갗도 아팠지만
나는 그 집이 뭐 여관인가
빈방에도 TV가 있게 하고 한마디 해주었다
책장에 세계문학전집이나 한국문학대계라든가
니체와 왕비열전이 함께 금박에 눌려 숨도 쉬지 못할 그 집을 생각하며,
나는 비좁은 집의 방문을 닫으며 돌아섰다

가구家具란 그런 것이 아니지
서랍을 열 때마다 몹쓸 기억이건 좋았던 시절들이
하얀 벌레가 기어나오는 오래된 책처럼 펼칠 때마다
항상 떠올라야 하거든
나는 여러 번 이사를 갔지만

그때마다 장롱에 생채기가 새로 하나씩은 앉아 있는 것을
보았다
　　그 집의 기억을 그 생채기가 끌고 왔던 것이다
　　새로 산 가구家具는
　　사랑하는 사람의 눈빛이 달라졌다는 것만 봐도
　　금방 초라해지는 여자처럼 사람의 손길에 민감하게 반응하
지만,
　　먼지 가득 뒤집어쓴 다리 부러진 가구家具가
　　고물이 된 금성 라디오를 잘못 틀었다가
　　우연히 맑은 소리를 만났을 때만큼이나
　　상심한 가슴을 덥힐 때가 있는 법法이다
　　가구家具란 추억의 힘이기 때문이다
　　세월에 닦여 그 집에 길들기 때문이다
　　전통이란 것도 그런 맥락에서 이해할 것—
　　하고 졸부의 집에서 출발한 생각이 여기에서 막혔을 때
　　어머니의 밥 먹고 자야지 하는 음성이 좀 누그러져 들려왔다
　　너무 조용해서 상심한 나머지 내가 잠든 걸로 오해하셨나

　　나는 갑자기 억지로라도 생각을 막바지로 몰고 싶어져서
　　어머니의 오해를 따뜻한 이해로 받아들이며
　　깨우러 올 때까지 서글픈 가구론家具論을 펼쳤다.

달팽이

달팽이 한 마리가 집을 뒤집어쓰고 잎 뒤에서 나왔다
자기에 대한 연민을 어쩌지 못해
그걸 집으로 만든 사나이
물집 잡힌 구름의 발바닥이 기억하는 숲과 길들
어스름이 남아 있는 동안 물방울로 맺혀가는
잎 하나의 길을 결코 서두르는 법 없이
두 개의 뿔로 물으며 끊임없이 나아간다
물을 먹을 때마다 느릿느릿 흐르는 지상의 시간을
등허리에 휘휘 돌아가는 무늬의 딱딱한 껍질로 새기며,
굴뚝으로 빠져나가는 연기에 섞여
저녁 공기가 빠르게 세상을 사라져갈 때
저무는 해에 낮아지는 지붕들이 소용돌이치며
완전히 하늘로 깊이 들어갈 때까지,

나는 거기에 내 모습을 떨어뜨리고 묵묵히 푸르스름한,
비애의 꼬리가 얼굴을 탁탁 치며 어두워지는 걸 바라본다

어머니

낮에 나온 반달, 나를 업고
피투성이 자갈길을 건너온
뭉툭하고 둥근 발톱이
혼자 사는 변두리 아파트 창가에 걸려 있다
하얗게 시간이 째깍째깍 흘러 나가버린,

낮에 잘못 나온 반달이여

| 수상 소감 |

순간의 전율

저는 이제 소월의 이름으로 삶을 좀 더 멀리한 죽음에 가까운 산마루에 서야 할 것입니다. 그때 비로소 그가 말한 삶의 아름다운 빨래한 옷이 생명의 봄 둔덕에 나부끼는 것을 볼 수 있을 것입니다. 제가 밟고 가는 눈길 아래 이울어 향기 깊은 낙엽 소리가 들리고 있습니다. 가장 깊은 절망이 향기 나는 희망임을 느끼며, 저는 지금 찬란한 봄 길로 접어들고 있습니다. 시가 꿈꾸어야 할 귀향길을 소월의 손을 잡고 걷고 있습니다.

| 문학적 자서전 |

죽음이 자아내는 무지갯빛처럼

나는 죽어가는 늙은 세계를 붙잡고 버틸 수 있을 때까지 버텨야 한다. 그리고 기억의 지붕에 끈질기게 매달려 죽음이 자아내는 무지갯빛 황홀경을 바라보아야 한다. 비록 미래가 실패로 끝난다 하더라도 시 쓰기는 구원을 향한 그 이미지의 빛깔에 의해서만 지속될 수 있을 것이다.

순간의 전율

저는 이제 소월의 이름으로 삶을 좀 더 멀리한 죽음에 가까운 산마루에 서야 할 것입니다. 그때 비로소 그가 말한 삶의 아름다운 빨래한 옷이 생명의 봄 둔덕에 나부끼는 것을 볼 수 있을 것입니다. 제가 밟고 가는 눈길 아래 이울어 향기 깊은 낙엽 소리가 들리고 있습니다. 가장 깊은 절망이 향기 나는 희망임을 느끼며, 저는 지금 찬란한 봄 길로 접어들고 있습니다. 시가 꿈꾸어야 할 귀향길을 소월의 손을 잡고 걷고 있습니다.

박형준

무엇보다 미욱한 저에게 소월의 이름으로 상을 주신 선생님들께 감사드립니다. 이 커다란 영광이 진실로 나의 영혼이라 부를 수 있는 중요한 부분을 만든다면 얼마나 좋을까요. 저는 가난이나 고독을 주어진 그 무엇으로 믿으며, 오로지 시를 쓰는 것은 수많은 연습을 통해 그것을 깎고 다듬으며 영혼의 진정성을 드러내는 일이라 여겨왔습니다. 저는 제가 시를 쓴다는 생각보다는 멀찍이 떨어져 있던 내 곁의 모든 사물이 가까이 다가와 내 영혼의 거울에 비치어 들어오는 순간을 기록하는 것이라고 여겨왔습니다. 그것은 어린 시절의 사소한 추억 하나도 진실로 나의 영혼이라 부를 수 있는 순간의 전율이 될 수 있음을 발견하는 것이기도 했습니다.

소월은 완전무결한 시를 위해 감정을 희생한 적이 없습니다. 그는 극한까지 감정을 실험했으며, 그러기 위해 삶에서는 좀 더 돌아앉은 어둠의 자리에서 인간의 본연성을 새롭게 구축한 시인이었습니다. 그는 절대불변의 영혼이 가장 이상적인 미의 형상을 띨 때 그것이 시혼이 된다고 하였습니다. 그리고 그 순간의 전율을 위해 기꺼이 시에 중독되었고 스스로 자신을 어둠의 골방에 가두어버렸습니다. 그는 거기서 "적막한 가운데서 더욱 사무쳐오는 환희를 경험"하였고 "고독의 안에서 더욱 보드라운 동정"(〈시혼〉, 《원본소월전집(하)》, 김종욱 편, 홍성사, 1982)을 깨달았던 사람이었습니다. 그의 골방에는 항시 어둠의 거울이 빛나고 있었습니다. 그 거울에는 낮과 빛 대신 밤과 어둠이 빚어내는 풍경이 흘러가고 있었습니다. 그는 그 속에서 밤에 홀로 깨어나 거울에 비친 하늘을 우러러보며 낮에는 보지 못했던 아름다움을 볼 수도 있고 느낄 수도 있었습니다.

저의 시 역시 낮과 빛 대신 저녁과 어둠으로 채워져 있습니다. 어둠의 골방에 빛나는 어둠의 거울을 렌즈 삼아 사물을 바라보았습니다. 그러면서도 본연적인 감정을 소중하게 생각했습니다. 저는 거울 속의 환영과 같은 감각과 저 자신의 감정이 어우러진 시를 쓰고 싶었고, 그 과정 속에서 저의 가난과 고독이 영혼의 경지에 도달할 수 있는 미의 형상을 찾아보려고 애썼습니다. 이 세상에는 변하지 않는 근원적인 것이 있지만 저는 가장 혼란스럽고 가난한 저의 감정의 연마를 통해 그곳에 도달하고 싶었습니다. 상을 받는다는 전화를 받았을 때 저는 먼 길을 돌아 귀향하는 느낌이었습니다. 소월의 이름이 그 길에 희망을 비춰주었습니다. 그러면서 희망을 밝은 하늘보다

"떨어진 잎들은 눈 아래로 깔"리는 "숙살肅殺스러운 풍경"(〈희망〉, 같은 책(상)) 속에서 찾으라고 하는 것 같았습니다.

저 자신처럼 가난한 영혼을 위해서라면, 저는 이제 소월의 이름으로 삶을 좀 더 멀리한 죽음에 가까운 산마루에 서야 할 것입니다. 그때 비로소 그가 말한 삶의 아름다운 빨래한 옷이 생명의 봄 둔덕에 나부끼는 것을 볼 수 있을 것입니다. 제가 밟고 가는 눈길 아래 이울어 향기 깊은 낙엽 소리가 들리고 있습니다. 가장 깊은 절망이 향기 나는 희망임을 느끼며, 저는 지금 찬란한 봄 길로 접어들고 있습니다. 시가 꿈꾸어야 할 귀향길을 소월의 손을 잡고 걷고 있습니다.

어려운 전환기의 문턱에서 서성이는 변변치 못한 시인에게 용기를 내라고 수상자의 열에 설 수 있도록 노고를 마다 않으신 김남조, 오세영, 권영민, 문정희, 송수권 선생님께 다시 한번 감사드립니다. 고백건대 저는 한동안 수상 소감을 쓸 엄두를 내지 못했습니다. 저녁에 버스를 타고 집에 돌아올 때는 몇 정거장 전에서 내려 걸었습니다. 뉴타운 공사로 거대한 공터가 된 흙길을 걸어 집에 다다르곤 하였습니다. 그러곤 어둠 속에서 놀이터의 모래밭에 아이들이 한낮의 염소 떼처럼 찍어 놓은 발자국 속에 떨어진 환한 분홍 꽃잎을 바라보았습니다. 이 상이 저의 삶에 찾아든 축복이라면 저는 제가 감당할 수 있도록 그만치의 아름다움이었으면 좋겠습니다.

죽음이 자아내는 무지갯빛처럼

나는 죽어가는 늙은 세계를 붙잡고 버틸 수 있을 때까지 버텨야 한다. 그리고 기억의 지붕에 끈질기게 매달려 죽음이 자아내는 무지갯빛 황홀경을 바라보아야 한다. 비록 미래가 실패로 끝난다 하더라도 시 쓰기는 구원을 향한 그 이미지의 빛깔에 의해서만 지속될 수 있을 것이다.

박형준

이미지의 헛된 像

나는 이미지에 매료되곤 했다. 내게는 이야기에서 빛을 발하는 이미지가 호기심을 자아냈다. 산책길에서 고양이에게 물려 죽어가는 비둘기가 공중에서 파득거리는 모습을 보면 그 죽음이 갖는 공포보다 잿빛 비둘기의 날개가 햇빛에 여러 색깔로 변하는 그 순간의 황홀경에 빠져들었다. 내게 이미지는 죽음이 마지막 순간 자아내는 무지갯빛 같은 것이었다.

어느 낯선 하늘 아래
그림자 장미
그림자
어느 낯선 땅 위

장미와 그림자 사이

어느 낯선 물속

나의 그림자

—잉게보르크 바하만, 〈그림자 장미 그림자〉,

《소금과 빵》(차경아 옮김, 청하, 1986)

그것은 잡히지 않는 미래의 상像에 대한 헛된 갈구에 가까웠을지 모른다. 하늘과 땅, 이 양극 사이에 어른거리는 "장미"와 "나"는 어디에 안착할 수 있을까. 나는 기억과 이미지 사이에서 잡히지 않는 상에 갈증을 느꼈다. 쓰라린 삶의 기억은 장미가 되지 못하고 장미 그림자나, 내가 되지 못한 "나의 그림자"로 어른거릴 뿐. 나에게 현재라는 시간은 언제나 위 시처럼 "낯선 물속"이었다. 나는 현재라는 물속에서 이야기와 그 이야기가 빚어낸 그림자와 같은 이미지에 매료당했다.

내가 현재에서 할 수 있는 것은 시를 쓰는 것밖에 없었다. 지나간 이야기를 이미지로 가둠으로써 나는 과거를 현재에 봉인했고, 그것이 영원히 깨어나지 않기를 바랐다. 시 쓰기가 과거를 종이에 파묻고 세운 묘비이기를 바랐지만, 그러나 번번이 과거는 묘비를 깨부수고 날아올라 미래의 내 쓰라린 삶의 길 위에서 내가 오기를 기다렸다. 시를 쓰면서 나는 점점 더 많이 과거를 반복해서 종이에 기록했고, 내가 앞으로 쓸 시는 점점 더 많은 지나간 과거의 깨어진 묘비를 종이 위에 수집하고 도열하는 짓에 불과할지 모른다는 공포감에 시달렸다.

그럼에도 나는 내 시 쓰기가, 수없이 반복되는 이미지의 잔해가 현재라는 "낯선 물속"에 어른대는 무지갯빛이 되기를 열

망했다. 미래의 길 위에서 기다리는 고양이에게 물린 비둘기가 되더라도, 파드닥대는 잿빛 날개에서 솟아나는 영롱한 빛깔들이 내 시의 그것이 될 수 있다면, 나는 현재에서 영원한 패배자가 되어도 좋다고 생각했다.

그러나 나를 옥죄는 현재라는 "물속"이 없다면 나라는 그림자도, 그림자 장미의 "그림자" 같은 내 시도 존재할 수 없으리라.

최초의 기억, 친할머니

나는 비가 몰아치고 난 후 거짓말처럼 개어버린 여름날, 교정의 오래된 히말라야시다에 매달린 물방울마다 잎잎이 돌고 있던 오후의 무지개를 잊지 못했다. 운동회 날마다 비가 오던 그 시절. 달리기에서 1등을 해도 집에서는 아무도 오지 않아 상으로 받은 공책을 옆구리에 끼고 혼자 쓸쓸히 고개를 떨구고 걸었다. 신작로에는 대형 트럭이 지나간 바큇자국마다 기름방울이 흘러 무지개가 빛났다. 나는 진흙탕에 얼룩진 무지개의 계단을 밟고 내려가는 환영에 빠져들곤 하였다.

그 진흙 무지개 나라에서 내가 되찾고 싶은 건 할머니였다. 초등학교에 입학하기 전까지 내 기억을 지배하고 있는 늙은 여왕은 할머니였다. 태어나는 순간 어머니가 아니라 할머니의 얼굴을 처음 본 것처럼 그녀는 내 의식의 첫자리에서 지금까지 물러난 적이 없다. 그녀에 대한 나의 인상은 마치 죽은 땅에서 어느 아침 세상의 모든 꽃들이 활짝 피어 있는 것을 목격하는 것과 같았다. 그때가 오전이었는지 오후였는지 알 수가 없다. 캄캄한 방에 갑자기 알전구 등이 켜진 것처럼 햇빛이 방 안으로 밀려들고 할머니가 나를 향해 손톱을 치켜세운 채 달려들고 있었다. 벽에서는 할머니가 처바른 변 자국 냄새가 났다. 갑자기 누이들이 밤마다 나를 위해 만들어주던 토끼들이 벽에서 뛰놀던 생각이 났다.

내 최초의 기억은 그렇게 만들어졌다. 치매에 걸린 할머니의 무서운 얼굴과 변 자국 냄새, 누이들의 그림자놀이가 캄캄한 의식에 불이 켜진 것처럼 동시에 밀려들어왔다. 성장해서 내 자신의 고통을 멀찍이서 바라보며 그것을 유희하는 버릇이 그 순간에 생겨나기 시작했을 것이다. 하지만 할머니와 나는 다정하게 지낼 때가 많았다. 어머니와 아버지는 아침 일찍 들일을 나가고, 누이들과 형은 학교에 가고 없어 우리는 낮에는 아무도 없는 단칸방에서 누워 지냈다.

내 유년 시절은 거의 잠으로 이루어져 있다고 해도 과언이 아니다. 잠에서 깰 때면 머리맡에 밥상이 있다. 하얀 밥상보를 들추면 보리밥이 사발 밑에 반쯤 담겨 있고 그 위로 흰 쌀밥이 수북이, 마을 앞산처럼 둥그렇게 솟아올라 있다. 신김치를 한 입 입안에 넣으며 쌀밥만 먹고 보리밥을 남겨둔다. 그렇게 하면 어머니가 쌀밥을 사발에 더 담아두는 것을 안다. 혼자서 밥을 다 먹고 문풍지에 어른거리는 그늘을 바라본다. 마당에 심어놓은 포플러나무가 던지는 그늘 속에서 무늬들이 장난을 친다. 문풍지는 그 잎들의 떨림을 다 받아내기라도 하듯, 빛과 어둠의 일렁임을 내 환한 이마에 새겨넣는다.

그날도 그렇게 깨어났을 것이다. 나는 그날의 정경을 이렇게 쓴 적이 있다. "잠에서 깨니 밖이 환했다. 부엌에서 콩나물 삶는 냄새가 났다. 할머니가 가마솥에 콩나물 시루를 통째로 삶고 있었다. 나는 할머니가 콩나물 삶는 모습을 가마솥 옆에 앉아 물끄러미 바라보았다. 아궁이의 불 속에 타오르는 뜻 모를 슬픔, 할머니와 나는 서로의 입속에 콩나물을 하나씩 넣어 주었다. 할머니 하나, 나 하나. 할머니 둘, 나 둘. 아궁이에 타오르는 불빛과 서로의 얼굴에 흐르던 따뜻함은 지금도 내 마음속에서 지워지지 않는 풍경으로 남아 있다."(〈콩나물 삶는 냄새〉, 《저녁의 무늬》, 85~86쪽, 현대문학, 2003)

인천의 수문통 거리와 어머니

조숙했던 편인지, 내 기억 속에서는 친구들과 함께 논 기억이 많지 않다. 혼자 노는 아이, 라는 고독한 이미지가 내 유년의 기억을 물들이고 있다. 나는 아이들과 잘 어울리지 못했다. 아마도 가난 때문이었을 것이다. 사실은 누구네 집이 잘살고 누구네 집이 못살 것도 없이, 동네 사람들 서로가 그 집에 숟가락이 몇 벌 있는지조차 알고 지내는 처지였다. 그러함에도 나는 동네에서도 조금은 특별한 이름으로 불렸다. 옴팍집 막내아들, 이것이 동네 사람들이 나를 부르는 호칭이었다. 우리 집은 동네에서도 가장 낮은, 움푹 팬 곳에 있었다. 말 그대로 오두막 단칸방이었다. 그 단칸방에서 부모와 2남 6녀, 모두 여덟 남매가 살았다. 밤이면 방이 비좁아 서로가 서로의 팔을 꼭 붙이고 잠을 청하던 그 집. 벽에 변을 칠하던 치매에 걸린 돌아가신 할머니의 냄새가 아련히 배어 있던 그 집. 그런 기억이 나를 혼자 노는 소년으로 만들었다.

호남선이 마을을 관통하며 지나가던 탓일까. 일찍 철이 든 아이들은 기적汽笛에 설레어 초등학교 3학년이 되면 영등포나 구로로 가출을 했다. 마을에서 단 한 번도 가출을 하지 않은 아이는 나밖에 없는 것 같았다. 어머니를 졸라 초등학교 5학년 때 형과 누이들이 돈을 벌러 떠난 인천으로 전학을 갔다. 어린 시절부터 나는 어머니에게서 "너를 지워버리려 했다"는 말을 자주 들으며 자랐다. 여자를 여섯이나 낳은 어머니는 또다시 내가 딸일까봐 지우려 했다고 한다. 아버지가 1919년생이고 어머니가 1927년생, 내가 1966년생이니 나는 늦자식이었다. 게다가 어머니는 내가 두 살 때부터 여름이면 섬으로 고춧가루 장사를 떠나셔서 어머니는 채워지지 않는 사랑의 허기와 같았다. 섬에는 고춧가루가 귀해서였을까. 섬으로 떠나기 전 어머니가 선물로 사준 미제 라디오로 어린이 방송극인 〈마루치 아라치〉나 고교 야구 중계를 들으며 어머니에 대한 그리움을 달래곤 했다.

　나는 인천에서 학교를 다니면서부터는 어머니에겐 더더욱 속을 알 수 없는 자식이 되어버렸다. 어렸을 적부터 어머니와 떨어져 지낸 탓이었을 것이다. 어머니는 그것이 내게 젖을 물리지 않고 키운 탓이라고 하였다. 그래서인지 내 의식 속에서 어머니는 할머니의 또 다른 영상이었고, 나는 빈 젖을 빠는 아이처럼 욕구불만에 가득 차 어머니를 대했다. 어머니의 말씀이 내게는 모두 잔소리처럼 들렸다. 내가 성년이 되자 어머니는 방법을 달리해서 자취집의 부엌에서 틈이 나는 대로 비눗갑이나 마분지 조각을 펴서 편지를 쓰고는 시골로 내려가곤 하였다. 내가 마흔 가까이 될 때까지, 더 이상 어머니의 손에 힘이 남아나지 않을 때까지 그 편지 쓰기는 계속되었다. 도시에서 살면서 수없이 되풀이된 전셋집마다 어머니의 조선시대 언문체 편지는 내가 쓴 어떤 시보다 간절하게 내 주위를 맴돌았다.

　수챗구멍으로 바닷물이 들어오는 인천의 수문통 거리, 나는 거기서 시인이 되었다. 그 당시 나는 20대 중반이었고 군대에서 제대한 지 갓 1년이 지난 사회 초년병이었다. 하지만 시만 쓰겠다는 문학청년을 받아주는 회사는 대한민국 어디에도 없었다. 나는 절망 속에서 밤마다 방에 엎드려 시를 썼다. 그렇다고 시를 위해 삶 전체를 희생할 수는 없었다. 나는 시인이 되지 못하면 형이 다니던 공장에 취직하려고 마음먹었다. 군대에서 운전을 배웠기 때문에 지게차 운전사라도 되어야겠다고 결심한 것이다. 그 겨울 내 양손에는 신춘문예에 투고할 원고지와 공원工員이 되려는 이력서가 들려 있었다.

　그 갈림길에서 나는 시인이 되었다. 그것도 생각해보면 어머니 덕분이었다. 1991년 《한국일보》 신춘문예 당선작인 〈가구家具의 힘〉은 우연히 씌어졌다. 나는 당시 200행이 넘는 장시에 몰두하고 있었다. 그때는 대학노트에 참펜으로 시를 썼다. 어느 회사에서 나온 건지 가물가물하지만 참펜은 끝이 연필처럼 뾰족해서 시를 쓸 때 종이에 긁히는 느낌이 내가 살아 있다는 것을 상기시키는 것 같았다. 마치 정으로 쪼듯 백지를 조각하는 심정으로 나는 시를 썼다.

　그러던 어느 날 친척집에 들렀다가 인천 집으로 온 어머니가 부엌에서 고구마순을 다듬으며 중얼거리는 음성을 듣게 되었다. 오랜만에 오신 어머니의 말씀을 또 잔소리로 흘려버릴 수가 없어 나는 내 방 문을 반쯤 열어두었다. 나는 고구마순을 뚝뚝 부러뜨리며 신세 한탄하듯, 하지만 2남 6녀를 키우느라 손등이 개미처럼 까맣게 타들어간 어머니의 손을 힐끔거리며,

어머니의 말씀을 퇴고 중이던 장시의 여백에 받아 적어 내려가기 시작했다. 내 나름대로 어머니의 말씀에 내 생각을 덧붙이듯이.

그런 내 시를 뽑아주었던 심사위원 선생님은 김남조, 신경림, 정현종 선생님이었다. 신경림, 정현종 선생님은 문단 말석에 있으면서 먼발치로나마 인사를 드렸지만, 김남조 선생님은 나희덕 시인이 2007년 소월시문학상을 받을 때에야 겨우 시상식장에서 뵙게 되었다. 등단한 지 17년 만에 용기를 내어 선생님께서 앉아 계신 의자에 다가섰지만 그간 찾아뵙지 못해 죄송한 마음이 들어 기어들어가는 목소리로 "뽑아주셔서 고맙습니다"라고 인사를 드렸다. 선생님께서는 너무 오래 지난 일이라 기억하지 못하셨으나 "그런 일이 있어서 자네와 내 영혼이 무의식적으로 통했는지 자네 시를 읽으면 친근하게 느껴진다"고 말씀해주셨다. 못난 영혼이 다시 구원받은 느낌이었다.

시인이 되고 《현대시학》에서 첫 청탁을 받았던 생각이 난다. 지금은 문예지에서 두세 편의 시를 청탁하지만 그때는 대략 다섯 편 내외의 시를 청탁해왔다. 나는 이틀 밤낮을 꼬박 시를 써서 보냈고, 그러고 나서야 전기밥솥에 쌀을 안치고 김이 모락모락 피는 밥솥을 바라보고 있는 나 자신을 깨달았다.

아버지의 무덤에 바쳐진 시집

수없이 되풀이된 이야기와 시, 그것들은 탄로 나기 직전의 거짓말처럼 내게 수치심과 묘한 흥분을 동반하면서 쉽사리 떨어지지 않는다. 마치 독이 묻은 겉옷을 벗어버리기 위해 자기 살을 갈기갈기 찢는 헤라클레스처럼 나는 기억이 소멸되기를

원한다. 그러나 망각하기 위해서 끊임없이 기억을 시로 써왔지만 내 글쓰기가 내려앉는 곳은 내가 착지하고 싶은 땅에서 언제나 비켜나기 일쑤였다.

과거는 삶의 순간마다 되풀이되어 나타나면서 내 미래를 유예시켰다. 나는 도시에 살면서 한곳에 거의 정착하지 못했다. 그러다가 서른이 넘어 대학에 편입을 했고 대학원을 다녔고 박사과정을 수료했다. 그 기간 동안 거의 10년을 대학 근처에서 벗어나지 못했다. 남가좌동과 홍은동, 그리고 남가좌동, 지금의 북가좌동. 그 사이 아버지가 돌아가셨다.

나는 아버지의 돈을 훔친 적이 있지만 아버지가 돌아가실 때까지 진실을 털어놓지 못했다. 아버지는 일제 때부터 온갖 고생을 하셨음에 틀림없는데 원체 말이 없는 분이었다. 우리 집 논은 김제에 있었다. 내가 사는 곳이 정읍군이었으니 김제에 있는 논까지는 자전거로 두어 시간은 족히 걸렸다. 왜 김제에 논이 있었느냐 하면 그곳은 외가가 사는 곳이었고, 생활 터전이 외가를 중심으로 이루어졌기 때문이다.

아버지는 새벽 4시가 되면 자전거를 타고 일을 나가셨다. 초등학교 3학년 때로 기억된다. 그해는 대풍이었고 가난한 논에서 쌀 열두 가마를 수확하였다. 마당 한쪽에는 쌀을 수확하고 남은 볏짚단이 오랜만에 앞산 봉우리처럼 보기 좋게 쌓아올려졌다. 운반 트럭을 빌리기도 어렵던 시절, 어떻게 논에 널브러진 볏짚단을 김제에서 옮겨왔는지 신기한 일이었다. 아버지는 그 볏짚단 속에 어머니 몰래 쌀 두 가마를 숨겨놓으셨다. 어머니는 매일 없어진 쌀 두 가마를 찾아 김제의 들녘과 집 안 구석구석을 이 잡듯이 찾아 헤매셨다.

오래지 않아 쌀 두 가마의 행방은 밝혀졌지만 끝내 그 쌀 두 가마는 아버지의 주머니 속으로 들어갔다. 나는 그것이 미워 아버지의 돈을 훔치기로 작정했다. 아버지는 추수를 끝낸 피곤함으로 창호지에 스며드는 가을 한낮 볕 속에서 잠이 들어 계셨다. 아버지의 주머니 한쪽으로 돈다발이 삐죽 나와 있었다. 나는 그중에서 만 원짜리 지폐 몇 장을 조심스럽게 빼돌렸다. 저녁이 되어 식구들이 상에 둥그렇게 앉아 있었지만, 아버지는 내 얼굴을 쳐다보며 고개만 갸웃거릴 뿐 식사를 하지 못하셨다. 그러나 돈의 일부가 없어진 줄 알면서도 끝내 아무 말씀이 없으셨다.

　그 뒤로도 아버지는 없어진 돈의 행방에 대해서 식구들 누구에게도 따져묻지 않으셨다. 논일을 일찍 끝내고 돌아온 아버지가 작은 목소리로 노래를 부르셨다. 아버지의 노래는 내가 그 뜻을 전혀 이해할 수 없는 일본 노래였다. 그때서야 어린 나는 아버지가 일제 말엽 북간도에 징용을 떠나셨던 것을 기억해낼 수 있었다. 너무나 슬프고 애잔한 그 노래가 어떤 뜻과 사연을 갖고 있는 것인지 나는 알 수 없었다. 다만 나는 방바닥에 엎드려 공책을 만지작거리면서 그 안에 숨겨두었던 아버지의 돈을 다시 돌려드릴 방법이 없을까 하고, 그의 등을 바라보았다. 아버지는 창호지에 저녁 해가 물드는데도 낮게 노래를 계속하셨다.

　아버지 돌아가신 날
　새 시집이 나왔다
　평생 일구던 밭 내려다뵈는 무덤가

관 내려갈 때 던져주었다

관 위에 이는 바람
몇 페이지 후루룩 넘어가고
호롱불 심지 탁탁 튀는 소리
(…)

시집은 더 이상 넘겨지지 않았다
가만히 펼쳐진 채 묘혈처럼 깊었다
바람은 잦아든 지 오래라고
손으로 짚으며
그의 대꽃 같은 침묵을 읽어왔다고,

아버지의 손가락
드나들던, 채소밭
밭흙을 몇 줌 그 위로 뿌려주었다

—〈시집〉 부분

나는 아버지가 돌아가신 날을 잊을 수가 없다. 그날은 명색
이 시인인 나의 네 번째 시집이 발간된 날이었다. 서울에서 조
문을 온 출판사 직원에게서 시집을 받아들고 깨알 같은 글씨
로 시집의 간지에 아버지께 편지를 썼다. 그 시집은 아버지의
하관과 함께 무덤 속에 들어갔다. 나는 가난하게 살다 돌아가
신 아버지가 하늘나라 가는 길에 내 시집을 펼쳐보길 원했던
것 같다. 진심으로 아버지께 용서를 빌고 싶었다.

홍수 속에서 지붕에 매달리는 것

독일계 유태인이었던 벤야민은 나치의 박해를 피해 망명길에 올랐으나 뜻을 이루지 못하고 스페인 국경을 넘다 자살로 생을 마감한 비극적인 철학자였다. 그의 이야기 중에서 인상 깊었던 것은 두 형제에 관한 것이다. 그는 차오르는 시대의 강물을 바라보며 역사의 파국을 예감한 예언자였지만 생의 마지막 순간까지 구원과 희망의 문제를 포기하지 않았다.

베를린의 정치적 분위기는 점점 더 목을 조여왔다. "숨을 쉴 수 없었다." 1933년 1월에 벤야민은 청소년 대상 라디오 프로그램을 중단했다. 마지막회에서 들려준 이야기는 1927년의 미시시피 홍수에 관한 실화였다. 이것은 "자연"재해로 보이지만 사실은 국가가 자초한 재난이다. 미국 정부는 항구 도시 뉴올리언스를 구하기 위해 비상사태를 선포하고 공권력을 발동하여 수마일의 강안 상류를 막고 있는 댐을 파괴하라고 지시했다. 그 지역 농토에 예상치 못했던 파괴를 초래한 조치였다. 벤야민은 청소년 청취자에게 나체스Natchez의 농부 형제 이야기를 들려준다. 생산 수단 전체를 잃고 고립된 그들은 범람하는 강물을 피해 지붕 위에 올라갔다. 수위가 점점 높아지자 형은 죽음을 기다리는 대신 물속으로 뛰어든다. "잘 있어, 루이스! 너무 오래 걸린다. 이걸로 충분해." 그러나 끝까지 버텨낸 동생은 지나가던 보트에 구조되었으며, 살아남아 이 이야기를 들려주었다. 여기서 두 형제는 파산당한 벤야민의 두 가지 반응을 의인화하고 있다. 1930년에 그는 자기를 이렇게 묘사했다. "난파선의 잔해에 매달려 표류하는 사람, 망가진 돛대 끝에 올라 있다. 그러나 구조신호를 보낼 기회가 있다."
— 수잔 벅 모스, 《발터 벤야민과 아케이드 프로젝트》
(김정아 옮김, 문학동네, 2004)

위 글은 내가 현실을 어떻게 헤쳐나가야 할지 생각할 때마다 고민케 하는 문제와 맞닿아 있다. 벤야민은 사망하던 해인 1940년에 씌어진 에세이 〈역사철학테제〉의 마지막 부분에서 미래에 대해 이야기한다. 유대인들에게 미래를 연구하는 것이 금지되어 있는데, 그로 인해 미래가 가진 마력적 힘이 박탈되는 현상이 생겨났다. 그렇다고 유대인들에게 미래에 대해서 알 수 있는 방법이 전혀 없었던 것은 아니었다. 그것이 바로 기억이었다. 유대인들은 기억을 통해서 미래를 알아내었다. 즉 과거 속에서 구원을 발견해내었던 것이다. 벤야민에게 미래는 홍수에 의해 떠내려갈지 모르는 위험한 상황에 비견될 수 있었으나, 그는 끝까지 차오르는 강물을 바라보면서 지붕에 매달려 버티려는 심정을 포기하지 않았다.

너무나 빨리 변하는 현대사회에서 모두들 미래를 향해 뛰어들지 않으면 금세라도 도태될 듯 헐떡거리고 있지만, 나는 기억이라는 돌아보는 행위를 통해 구원을 예견하는 시를 써야 한다. 벤야민은 1930년에 자신을 일컬어 "난파선의 잔해에 매달려 표류하는 사람, 망가진 돛대 끝에 올라 있다. 그러나 구조신호를 보낼 기회가 있다"고 묘사한다. 내가 쓰는 시가 역사의 파국에 맞설 만한 이러한 용기를 발휘할 수 없는 사소한 것이라 해도 나는 차오르는 강물과 같은 현실 속에서 절박한 그무엇을 결코 포기해서는 안 된다. 나는 죽어가는 늙은 세계를

붙잡고 버틸 수 있을 때까지 버텨야 한다. 그리고 기억의 지붕
에 끈질기게 매달려 죽음이 자아내는 무지갯빛 황홀경을 바라
보아야 한다. 비록 미래가 실패로 끝난다 하더라도 시 쓰기는
구원을 향한 그 이미지의 빛깔에 의해서만 지속될 수 있을 것
이다.

| 작품론 |

아무것도 아니면서 모든 것인 "가슴의 환한 고동"

차창룡(시인/문학평론가)

시의 이미지가 비약을 가능케 한다면, 박형준의 사랑으로부터 탄생한 이미지 '가슴속 환한 고동'도 새로운 차원을 향한 도약의 고동이다. 그 고동은 이미지이면서 리듬이다. 그것은 시인 자신이다. 시는 시인의 말대로 가슴의 환한 고동 외에는 들려줄 게 없는 것이지만, 가슴의 환한 고동은 시인 자신이자 세계의 일부분이면서 전부이다.

| 작가론 |

허기의 탐미

이기인(시인)

나는 시인을 위로하거나 위무하지 않을 것이다. 그는 앞으로도 계속 게으르게 혼자서 빛나는 예술가가 되려 하기 때문이다. 이틀 밤을 꼬박 새워도 기다려주는 그의 '느긋한' 밥이 그에게 있기 때문이다. 그러하기에 그의 허기는 탐미를 계속 꿈꾸는 것이기도 하다. 예전에도 그러했던 것처럼 나는 그가 외로운 이를 만나서 그 세계를 껴안길 바란다.

아무것도 아니면서 모든 것인 "가슴의 환한 고동"

시의 이미지가 비약을 가능케 한다면, 박형준의 사랑으로부터 탄생한 이미지 '가슴속 환한 고동'도 새로운 차원을 향한 도약의 고동이다. 그 고동은 이미지이면서 리듬이다. 그것은 시인 자신이다. 시는 시인의 말 대로 가슴의 환한 고동 외에는 들려줄 게 없는 것이지만, 가슴의 환한 고동은 시인 자신이자 세계의 일부분이면서 전부이다.

차창룡(시인/문학평론가)

시인의 감각 속에서 다시 태어나는 세계

박형준이야말로 시의 정수精髓를 쏟아내고 있는 시인이다. 시의 정수란 무엇인가? 박형준의 시에 등장하는 "가슴의 환한 고동", 아니 "가슴의 환한 고동 외에는 들려줄 게 없는"(〈가슴의 환한 고동 외에는〉) 것을 들려주는 것이다. 심장의 고동이 법의학적으로 인간 생명의 핵이라면, 가슴의 환한 고동은 원초적인 리듬이자 이미지로서 시의 정수이다. 가슴의 환한 고동 외에는 들려줄 게 없다니, 가슴의 환한 고동이 모든 것을 포함하고 있으며, 모든 것의 핵심임을 선포하는 것이 아닌가?

가슴의 환한 고동 외에는 들려줄 게 없는
봄 저녁

나는 바람 냄새 나는 머리칼

거리를 질주하는 짐승

짐승 속에 살아 있는 영혼

그늘 속에서 피우는

회양목의 작은 노란 꽃망울이 얼마나 아름다운지

눈꺼풀에 올려논 지구가 물방울 속에서

내 발밑으로 꺼져가는데

하루만 지나도 눈물 냄새는 얼마나 지독한지

우리는 무사했고 꿈속에서도 무사한 거리

질주하는

내 발밑으로 초록의 은밀한 추억들이

자꾸 꺼져가는데

—〈가슴의 환한 고동 외에는〉 전문

가슴의 환한 고동 외에는 들려줄 게 없는 봄 저녁에 시의 화자는 "바람 냄새 나는 머리칼/ 거리를 질주하는 짐승/ 짐승 속에 살아 있는 영혼"이 되어버린다. 왜일까? "그늘 속에서 피우는/ 회양목의 작은 노란 꽃망울이" 너무도 아름다워서 취해버리기 때문이다. 여기서 하나의 질문이 생긴다. 가슴의 환한 고동을 들려주는 주체는 누구인가? "봄 저녁"이라고 할 수 있을까? 아니면 신이자 자연인가? 이 시의 화자인 시인이라고 해도 크게 무리는 없을 듯하다. 다만 가슴의 환한 고동은 시인 스스로 만든 것이 아니라, 봄 저녁으로 대표되는 봄이라는 자연이 만들어낸 것이니, 가슴의 환한 고동을 들려주는 주체에 자아와 타자가 섞일 수밖에 없다. 이런 점을 감안하고 이 시를 요

약하면, 봄 저녁이 가슴의 환한 고동을 들려주는 동안, 또는 시의 화자에게 가슴의 환한 고동이 충만해 있는 가운데 시의 화자는 바람 냄새 나는 머리칼로 거리를 질주하는 짐승의 영혼이 된다는 내용이다.

그 뒤에 이어지는 행들은 화자가 짐승의 영혼이 된 원인이자 결과이며, "가슴의 환한 고동"의 구체적인 내용이다. 가슴의 환한 고동이 이미 시각과 청각 이미지를 포함하고 있듯이, 그 구체적인 내용도 오감을 통해 감지되는데, 특히 촉각과 후각이 민감하게 작동한다. 먼저, 그늘 속에서 피우는 회양목의 꽃망울은 얼마나 아름다운가? 꽃의 아름다움은 어떤 말로 표현해도 적절치 않음을 시인은 느꼈을 것이다. "눈꺼풀에 올려논 지구가/ 물방울 속에서 내 발밑으로" 꺼져갈 정도로 아름답다는 촉각적인 표현이라면 적절할는지.

이 시에서 가장 어려운 대목은 "하루만 지나도 눈물 냄새는 얼마나 지독한지/ 우리는 무사했고 꿈속에서도 무사한 거리"이다. 하루가 봄의 하루를 말하는 것이 분명하다면, 봄의 출산에는 당연히 눈물을 동반할 터, 눈물 냄새는 곧 꽃이 피어나는 냄새일까? 그렇다면 이번에는 후각과 미각으로 느끼는 봄이다. 그 눈물 냄새가 하도 지독하여 도저히 무사할 수 없을 것 같다는 것은 시의 화자가 그만큼 봄의 냄새와 맛에 흠뻑 취했다는 것이다. 그러나 이상스럽게도 봄에 심하게 취했지만 우리들은 무사하다. 오히려 봄꽃의 화려한 냄새와 맛과 음악과 부드러운 살결을 지나, 우리는 서서히 초록의 새싹들이 풀과 나무를 색칠하는 추억으로 이끌리게 된다. 그것을 시인은 "질주하는/ 내 발밑으로 초록의 은밀한 추억들이/ 자꾸 꺼져" 간다고 표현한다.

　봄에 대한 이토록 감각적인 시가 일찍이 있었던가? 감각의 혓바닥이 이마를 핥고 지나가는 느낌이다. 박형준의 시는 자연에 대한 태도가 아니요, 세계에 대한 해석이 아니다. 자연 자체요, 세계 자체인데, 그것도 박형준의 감각으로 본 자연이요 세계이다. 자세히 보면 그것이야말로 "가슴의 환한 고동"임을 시편편이 느끼게 된다. "가슴의 환한 고동 외에는 들려줄 게 없는/ 봄 저녁"은 역설이다. "가슴의 환한 고동" 외에 우리에게 그 무엇이 필요하단 말인가. 가슴의 환한 고동을 느끼고 들려줄 수 있다면 그것은 살아 있음의 증표요, 그것도 함께 살아 있음의 증표다. 결국 이 말은 가슴의 환한 고동밖에는 들려줄 게 없는 시인이지만, 가슴의 환한 고동이야말로 중요하다는 역설인 것이다. 뭔가를 들려줄 수 있다는 데 초점이 맞추어져 있는 것이 아니라 "들려줄 게 없"다는 데 초점이 맞추어져 있다는 점에 주목해보자. 그것이 바로 시이다. 특별히 들려줄 게 없는 것, 즉 심장의 고동과도 같은 것, 가장 중요한 것이면서도 얼핏 보면 있는지 없는지도 감지하기 힘든 그것이 바로 시임을 박형준만큼 시적으로 철저하게 증명하는 시인도 드물다. 첫 시집 《나는 이제 소멸에 대해서 이야기하련다》의 서시에 해당하는 〈갈대꽃〉으로부터 줄기차게 이어져온 박형준 시의 흐름이다.

시인의 감각은 약동과 비애, 양 날개로 난다

　겨울 갈대밭에
　휘이익 휘이익 벗은 발을 찍는

저 눈부신 비애의 발금

살을 다 씻어낼 때까지

잠들지 못하는 공포, 겨울 갈대밭에

바람의 찬손이 허리를 감아쥐고,

빛나는 옷을 입고 내려온 물방울이

소금불에 휘고 있다

—〈갈대꽃〉 전문

바람이 겨울의 갈대밭을 끊임없이 뒤흔드는 모습을 보면서 쓴 시이다. 비쩍 마른 몸으로 잠들지 못하고 매운바람을 견뎌야 하는 갈대의 비애를 시인은 몸으로 감지한다. 시인의 투명한 감각은 겨울 갈대에 맺혀 있는 물방울을 발견한다. 햇살에 반사되어 아름다운 빛깔을 내는 물방울을 보고 그는 "빛나는 옷을 입고 내려온 물방울이/ 소금불에 휘고 있다"라고 표현한다. 소금불에 휘고 있는 "물방울"이 바로 박형준이 노래하고 싶은 "가슴의 환한 고동"이다. 네 번째 시집 《춤》의 표제작에서 송골매가 "발 아래 움켜쥔 고독"은 또 다른 면의 '가슴의 고동'일 것이다. '가슴의 고동'은 삶의 약동을 돕는 에너지와 같은 것이지만 한편으로는 삶이 곧 비애임을 확인케 하는, 좀 더 정확하게 말하면 삶의 약동과 비애가 하나의 줄기임을 말해주는 시의 근원이다. 삶의 약동의 근원이자 비애의 근원, 박형준의 시는 두 측면으로 날개를 펼친다. 두 날개는 둘이면서 하나이며, 둘이 함께 있어야 날아갈 수 있다.

이번 수상작에서 〈가슴의 환한 고동 외에는〉, 〈어린 시절〉, 〈강물이 언어로 속삭인다〉, 〈몽고반점〉, 〈근원 가까이에서 울고 있는 새들〉 등이 한쪽 날개를 이룬다면, 〈독음獨吟〉, 〈돼지의 속눈썹〉, 〈해가 들지 않는 곳에서 빛이 내릴 때〉, 〈여름밤〉, 〈미역 건지는 노파〉 등이 다른 쪽 날개를 이룬다. 〈밤 시장〉이나 〈봄 우레〉, 〈가을밤 귀뚜라미 울음〉, 〈마리나 츠베타예바를 읽는 저녁〉은 두 날개가 만나는 몸통 부분이라고 할까?

저녁을 굶고 지붕에 내리는 빗소리를 듣는다
삼십 촉 전등에 뜰 앞 나무의 풋대추가 비치는데
오는 사람은 없고 오는 비만 있는 저문 집
아궁이에서 저 홀로 타는 장작 소리
설핏 잠이 든 사이 후두둑
초롱초롱한 풋대추 한 대접 지붕에 구르는데
밤비에 글썽이며 빛을 내는 옹기들처럼

—〈어린 시절〉 전문

저녁을 굶고 누운 방 안에서 듣는 지붕을 때리는 빗소리가 결코 유쾌하지는 않았을 것이다. 그래도 이 집의 풍경은 그리 절망적이지만은 않다. 뜰 앞의 풋대추가 그렇고, 아궁이에서 타고 있는 장작불이 그렇다. 설핏 잠이 든 사이 초롱초롱한 풋대추 몇 개가 지붕에 굴렀다면, 어린아이는 잠을 깨어 무서웠을까? 그나마 그로 인해 심심하지 않게 되었을까? 풋대추가 익지도 않고 떨어져버렸으니 서글플 수도 있겠으나, 어린아이의 눈은 그저 떨어지는 열매가 재미있었을 수도 있다. 유년의 기억은 이처럼 시인의 마음속에서 오래도록 지워지지 않았다. 밤비에 글썽이며 빛을 내는 옹기들처럼 아련한 추억이 되어 우리의 가슴을 데워주는 풍경이 된 것이다.

어린 시절 빗속에서 빛을 내는 옹기처럼, 나이 들어서도 시인의 마음을 울려주는 것이 있다. 〈강물이 언어로 속삭인다〉라는 시에서 시의 화자가 "언제부턴가 새벽 다섯 시만 되면/ 나는 강물 소리를 기다렸다"라고 말할 때, 그 강물 소리는 어린 시절의 풍경보다도 정겹다. 특히 2연의 강물 소리의 이미지는 가문 날의 단비처럼 촉촉하다.

> 새벽 다섯 시면 댕댕댕 산중턱의 절에서 흘러내려온다
> 비 온 뒤 거리의 보도블록에서
> 풀들이 솟아나오듯
> 도시의 시멘트에 가두어놓은 저 시퍼런 범종 소리
> 새벽 창에 강물이 언어로 속삭인다
> ─〈강물이 언어로 속삭인다〉 부분(2연)

시인이 듣는 강물 소리는 어쩌면 일찍 일어나는 이웃 사람이 새벽에 세수하고 물 내리는 소리일지도 모른다. 수돗물의 근원은 강물이다. 도시 사람들은 모두 강물을 마시고 강물로 몸을 씻고 있는 것이다. 그런 의미에서 상상력을 확대하면, "가슴의 환한 고동"으로서의 강물 소리는 근원으로 거슬러 올라가 "새벽 다섯 시면 댕댕댕 산중턱의 절에서 흘러내려" 온다. 비 온 뒤에 거리의 보도블록에서 솟아나오는 풀처럼 솔솔 푸른 얼굴을 내미는 강물 소리, 새벽 창에 속삭이는 그 소리를 시인은 느낀다.

어린아이의 엉덩이에 푸르딩딩하게 자리한 "몽고반점"에서

도 시인은 "가슴의 흰한 고동"을 확인한다. 그것은 "모든 자연의 의식 속에서/ 가장 무죄한" 명자국이자, "하느님이 가난한 자의 창에/ 하루에 단 한 번 불어넣는 숨결"(《몽고반점》)이다. 자, 여기까지 오면 "가슴의 흰한 고동"의 위대함을 알겠다. 그 위대함을 확인하기 위해 같은 시의 마지막에서 "푸른 눈의 잠자리가 거기,/ 아직 눈부시게 떨고 있다". 어린아이가 자신의 생명을 보존하여 어른이 되려면 온갖 고난을 이겨내야 하듯이, 그 생명력은 때로 치열하다.

〈근원 가까이에서 울고 있는 새들〉의 생명력은 자못 처절하고도 엄숙하다. 한밤중에 철새 떼가 날개깃으로 얼음을 치고 있는 모습을 본 적이 있는가? 시인에게는 참 진기한 풍경이 잘도 보인다. 부리도 아니고 날개깃으로 얼음을 치고 있는 새들의 모습은 진정 처절해 보인다. "꽝꽝한 얼음 속에/ 제 나라가 있다는 듯/ 공중에서 일렬로 곤두박질쳤다" 솟구쳤다 다시 힘차게 쏟아지는 새들의 맹렬한 공습에는 먹이를 구하고자 하는 집념이 담겨 있다. "텅텅텅/ 얼음 위에 울리는" 새들의 역동적인 삶의 소리는 곧 "성스러운 시간"이다. "시간"이라는 슬프고도 생명력 넘치는 장소에서 우리는 "가슴의 흰한 고동"을 울리며 줄기차게 살고 있는 것이다. 그때 우리는 "새 떼들의 날갯죽지에서 빛나는/ 까아만 살얼음"을 보는 것이니, 그 이미지가 박형준의 시다. 그 아름다움을 무슨 말로 설명할 수 있겠는가? 무슨 이론으로 설명할 필요 있겠는가?

그러나 이제 우리는 박형준 시의 또 다른, 엄밀히 말하면 '같은' 풍경 속으로 들어가야 한다. 예를 들면 〈독음獨吟〉이라는 시를 통해, 목련꽃이 피어 있는 담장 밑에서 술 취한 남자가 치지도 못하는 기타를 튕기는 모습을 구경해야 한다. "달 아래서/ 줄 떨어진 기타를/ 뜯듯 튕겨내며/ 술의 첫 이슬로 거슬러 가는/ 한 남자의 음⽚"을 들어야 한다. 이 남자에게 도대체 무슨 일이 일어난 것일까? 아무래도 목련꽃이 피어 있는 담장 안에는 그 남자가 사랑하는 여자가 살고 있고, 술에 취해 사랑하는 그녀의 집 앞에 온 그는 담장 밑에서 잘 치지도 못하는 기타를 튕기고 있나 보다. "벙그는 목련꽃 송이 몇/ 쓰레기통 옆에 떨어져" 있는데, 기타를 튕기다 잠들어버린 힘없는 손이 떨어진 목련꽃과 겹쳐 새벽의 쓸쓸함을 더하고 있다. 이것도 박형준이 연주하는 '가슴의 고동' 이다. 홍수에 지붕을 타고 떠내려가는 돼지의 속눈썹은 어떤가? "지붕을 타고 하류로 떠내려간 돼지가/ 울고 있는 밤"(〈돼지의 속눈썹〉)도 물론 박형준이 연주하는 '가슴의 고동' 이다. 중풍 걸린 노인이 지팡이도 없이 걸어가는 골목길(〈해가 들지 않는 곳에서 빛이 내릴 때〉)이 그렇고, 저녁이면 늙은 고양이를 무릎 위에 올려놓는 노파들(〈여름밤〉)이 그렇다.

파도에 떠밀려온 노을을
노파는 바지랑대로 건져낸다
불꽃들이 수평선 너머에서 건너온다
해안을 이리저리 날아다니던 나비 떼가
물결치는 자운영 꽃밭
물길 가득 피어 있는 꽃잎에 내려앉았다가
소용돌이 속으로 빠져든다
지는 놀에 허리가 더 굽어진

노파는 바지랑대로 연신 봄바다를 휘저으며
제의의 희생물을 건진다
자운영 꽃밭 너머
바다로 나가서 돌아오지 않는 사람,
노인의 저녁 식탁엔 죽은 나비들이 놓여 있다
—〈미역 건지는 노파〉 전문

미역을 건지는 것은 먹고살기 위해서일 것이다. 그러나 이 노파의 행위에는 죽음의 의식이 담겨 있다. 파도에 떠밀려온 노을을 건진다는 것도 그렇고, 나비 떼가 파도의 소용돌이 속으로 사라진다는 것도 그렇고, 제의의 희생물을 건진다는 표현도 그렇다. 노파의 남편은 아마도 바다로 나가서 돌아오지 못한 사람일 것이다. 그의 저녁 식탁에 오늘 노파가 건진 죽은 나비들이 놓여 있다. 저녁 식탁에 찾아온 죽은 나비, 우리는 이 대목을 읽으면서 고통을 느낀다. 고통은 얘기치 않은 순간에 찾아온다. 미역국이 한 대접 놓여 있어야 할 자리에 파도 속으로 사라졌던 나비가 놓여 있는 것이다. 이 낯선 풍경 앞에 독자들은 마음의 피를 흘리게 되는데, 그 피 흘림 속에 시를 읽는 희열이 있고 마음의 도약이 있다. 낯설음 속에서 우리는 새로운 세계를 맞이하고 있는 것이다. 박형준의 "가슴의 환한 고동"은 매우 단순한 듯한 미묘한 아픔을 제공한다. "죽은 나비들"은 달리 말해 '죽음의 고동'이되, 죽음의 고동만은 아닌 죽음의 고동이다.

죽음의 고동 너머에 무엇이 있을까? 죽음의 고동은 멀리멀리 퍼져 삶의 공간으로 돌아온다. 그곳에 아마도 집이 있을 것이다. 밤 시장을 돌아 혼자서 가는 집, 혼자 기다리고 있는 집, 혼자 들어가서 진짜로 혼자가 되는 집, 그런 집을 향해 오는 이를 위해 박형준 시의 화자는 어두운 집을 밝혀줄 불꽃이 되고 싶다. 마침내 화자는 "삭힐 수만 있다면 인생의 식탁을/ 풀처럼 연한/ 그런 불꽃으로 차리련다"(〈밤 시장〉)라고 말한다. 여기서부터, 아니 그 이전부터, 원초적으로 박형준의 고동은 절망과 희망의 교차점이자 원천이었다.

어머니의 손거울을 추억한 〈봄 우레〉와 돌아가신 아버지의 발뒤꿈치의 굳은살을 깎아내던 모습을 그린 〈가을밤 귀뚜라미 울음〉은 참으로 감동적이다. 이 시는 〈마리나 츠베타예바를 읽는 저녁〉과 더불어 박형준 시의 날개라기보다는 몸통이라고 해야 한다. 날개가 좌우로 힘찬 율동을 보여주기 때문에 더 화려해 보이지만, 몸통의 온갖 내장기관이야말로 그 생명체의 진정한 핵심을 이룬다.

〈가을밤 귀뚜라미 울음〉의 아버지는 발뒤꿈치의 굳은살을 깎고 시인인 화자는 시가 써지지 않을 때면 방바닥으로 내려와 연필을 깎는다. "글씨 그만 쓰고 밥 먹거라/ 방해될까봐 돌아앉지 못하고/ 내 등을 향한 듯한 그 사무치던 음성"은 박형준에게 어떤 고동일까? "음성"이라는 말 외에 무엇으로 그 고동을 설명할 수 있겠는가? "밥과 같은 시/ 영원히 해갈되지 않으면서/ 겨우 배고픔만 면하게 해주던 시처럼/ 가을밤 귀뚜라미 울음/ 이제는 무디고 무디어진 연필심에서 저미어 나온다"라고 말하는 시인에게 그 고동을 어떻게 설명할 수 있단 말인가. 그저 들을 뿐이다. 시의 창에서 흘러나오는 귀뚜라미 울음을, 사무치는 음성을 삭여서 부드러운 연필심에서 살포시 전해오는 향기로 느낄 뿐이다.

> 어머니
> 봄에 우는 우레는
> 울어도 우레 같지 않습니다
> 먼 산에서 나지막하게 우는 당신 같습니다
> 숨겨둔 손거울 같은
> 당신의 삶이 몰래 운 것입니다

—〈봄 우레〉 부분(4연)

어머니 젊었을 적에는 눈썹 그릴 때 손거울을 쓰셨지만, 나이 들어서는 그런 것을 본 적이 없었던 모양이다. 숨겨둔 손거울같이 자신을 잊은 채 살아온 어머니의 생애를 시인은 봄에 우는 우레를 통해 생각한다. 봄의 우레는 여름의 우레와는 달리 나지막하게 우는 어머니의 울음과도 같기 때문이다. 나직한 울음 속에 자신을 감추고, 숨겨두었다기보다는 아예 잊어버리고 산 손거울, 그것이 어머니의 삶을 대변해주고 있다. 그것은 박형준에게 또 하나의 "가슴의 환한 고동"이다. 박형준은 가슴의 환한 고동 외에는 들려줄 게 없다고 말하지만, 사실 진정한 "가슴의 환한 고동"은 이처럼 쉽게 들려줄 수 없는 것이다.

러시아의 시인 츠베타예바는 러시아 혁명 이후 프라하와 파리 등에서 망명 생활을 하다가 귀국한 후 자살했다. 그녀의 삶과 시가 박형준의 가슴속에 고동을 불렀던 것 같다. "시인인 우리는 최하류 난민이라는"(〈마리나 츠베타예바를 읽는 저녁〉) 것을 깨닫는 저녁에는 더욱 그러했을 것이다. 시인은 "골목에 나와/ 그녀가 보았던 나무 꼭대기에서/ 내려온 고양이를 팔뚝에 앉히고/ 우는 소리를 듣는다/ 하나 남은 빛이 우는 소리를" 곱씹으면서 저녁의 쓸쓸함을 달랜다. 실로 시는 고양이를 팔뚝에 앉히고 그 우는 소리를 듣는 것이다. "나뭇잎 하나가, 잊혀진 채,/ 아직 저 꼭대기에 남아 있다"고 노래할 때 시의 화자와 독자는 함께 새로운 삶의 차원으로 도약한다.

시는 새로운 차원의 세계로 가는 비약의 발판

박형준의 최근 시는 설명을 필요로 하지 않는다. 설명은 그의 시를 감상하는 데 오히려 방해될 수 있다. 그의 시는 이미지 자체로 보여준다. 독자들이 이미지 자체로 그의 시를 감상할 때 그의 시는 생각지도 않은 생의 도약을 가능케 한다. 옥타비오 파스의 말대로 사랑의 경험과 시의 이미지, 신과의 만남은 인간을 '비약飛躍'하게 한다. 사람이 사랑(이성적인 사랑을 말함)하게 되면 이전과는 다른 사람이 되며, 신(영적 깨달음)과 만나게 되면 초인超人이 될 수도 있다. 시의 이미지는 또 다른 차원의 도약을 가능케 한다. 시 〈여름밤〉의 마지막 부분을 보자.

> 자기 몸속에서 풍겨나는
> 냄새에 취해
> 이슬에 가깝게 투명해지는 유령들,
> 일몰 후에도 사라지지 않는
> 젖은 태양의 일렁임.
>
> ─〈여름밤〉 부분

이것은 저녁을 맞이하는 노파들의 이미지이다. 아직 태양빛의 잔영이 있는 가운데, 노파들은 "이슬에 가깝게 투명해지는 유령들"이 된다. 시 속에서 그녀들은 전혀 다른 존재로 태어나고 있는 것이다. 그 유령들은 "일몰 후에도 사라지지 않는/ 젖은 태양의 일렁임"이다. 평범한 노파들임에 분명한 이들의 이미지가 시 속에서 생의 비의를 암시하는 특별하고도 낯선 존재가 되고 있음이다. "백열전구 속 필라멘트처럼/ 집을 향해 오는 이를 위해 불꽃"(〈밤 시장〉)이 되는 것이 바로 시의 이미지다. 사랑에 빠져 달라지는 사람이나 종교적인 차원의 거듭남과는 다른 거듭남이 시 속에 있는 것이다.

누가
발자국 속에서
울고 있는가
물 위에
가볍게 뜬
소금쟁이가
만드는
파문 같은

누가
하늘과 거의 뒤섞인
강물을 바라보고 있는가
편안하게 등을 굽힌 채
빛이 거룻배처럼 삭아버린

모습을 보고 있는가,

누가

고통의 미묘한

발자국 속에서

울다 가는가

─〈빛의 소묘〉 전문

박형준의 네 번째 시집 《춤》의 첫 시이다. 이 시의 물음에 대해 당신은 '누구'라, '무엇'이라 대답하겠는가? 시인 자신이라 말하겠는가? 제목을 힌트로 하여 '빛'이라고 말하겠는가? 아니면 시인이 사랑하는 여인이라고 말하겠는가? 박형준의 시를 힌트로 삼아 "가슴의 환한 고동"이라 말하겠는가? 아니면 '자기 자신'이라고 말하겠는가? 이 모든 것을 시로 쓰고 있는 '시인'이라고 하면 어떨까?

시인은 바로 발자국에 내리비치는 햇살을 보고 "누가/ 발자국 속에서/ 울고 있는가"라고 질문하는 존재이다. 발자국에 어른거리는 것은 '빛'이었을까? 그렇다. 울고 있는 빛이요, 그림자요, 그냥 발자국인 이미지가 아련하게 보여주는 한 사람의 삶, 아니 여러 사람의 삶, 아니 우리 모두의 삶이다. 그 삶은 "물 위에/ 가볍게 뜬/ 소금쟁이가/ 만드는/ 파문 같은" 것, 이런 표현은 감각보다도 더 원초적인 '사랑'으로부터 오는 것이다. 사랑이야말로 우주 만물의 근원이다. 신화에 따르면, 이 세계는 신의 사랑으로부터 비롯되었거나 남녀(인간만은 아니다)간의 사랑으로부터 시작되었다. 신이 사랑으로 세상을 창조하였거나, 남성성과 여성성의 결합이 우주의 탄생과 발전을 지속

시켰던 것이다. 시인은 이미지의 창조자다. 세상에 없는 이미지가 시인의 시선을 통해 만들어지는 것은 아니지만, 세상의 이미지가 시인의 시선을 통해 재창조될 때 그것은 새로운 차원의 것으로 도약하기 때문이다. 신의 천지창조가 사랑이었다면, 시인의 이미지 창조도 사랑이다. 따라서 물 위에 가볍게 뜬 소금쟁이가 만드는 파문 같은 발자국 속에서 우는 것, 우는 것이 무엇인지 살펴보는 것은 사랑이다. 하늘과 거의 뒤섞인 강물을 바라보는 것도 사랑이며, 빛이 거룻배처럼 삭아버린 모습을 보는 것도 역시 사랑이며, 고통의 미묘한 발자국 속에서 울다 가는 것은 더더욱이 사랑이다. 박형준의 이미지는 바로 이 사랑으로부터 탄생한다.

　시의 이미지가 비약을 가능케 한다면, 박형준의 사랑으로부터 탄생한 이미지 '가슴속 환한 고동'도 새로운 차원을 향한 도약의 고동이다. 시인이 가슴의 환한 고동 외에는 들려줄 게 없다는데, 어찌 그 고동을 놓칠 수 있겠는가? 그 고동은 앞에서 말한 대로 이미지이면서 리듬이다. 그것은 시인 자신이다. 시는 시인의 말대로 가슴의 환한 고동 외에는 들려줄 게 없는 것이지만, 가슴의 환한 고동은 시인 자신이자 세계의 일부분이면서 전부이다.

허기의 탐미

나는 시인을 위로하거나 위무하지 않을 것이다. 그는 앞으로도 계속 게으르게 혼자서 빛나는 예술가가 되려 하기 때문이다. 이틀 밤을 꼬박 새워도 기다려주는 그의 '느긋한' 밥이 그에게 있기 때문이다. 그러하기에 그의 허기는 탐미를 계속 꿈꾸는 것이기도 하다. 예전에도 그러했던 것처럼 나는 그가 외로운 이를 만나서 그 세계를 껴안길 바란다.

이기인(시인)

박형준 시인을 회상하는 일

스테판 말라르메는 여러 사람을 자신의 집 살롱으로 초대하여 화요일 저녁마다 모임을 가졌다. 그것이 프랑스 문단사에서 유명한 화요회인데, 말라르메가 이처럼 화요일을 택한 것은 고등학교 선생님이었던 그가 화요일엔 학교에 나가지 않고 쉬었기 때문이라고 한다. 모임에 참석한 이들은 훗날 자신의 문학을 아름답게 꽃피웠는데, 그들은 폴 발레리, 앙드레 지드, 폴 클로델과 같은 이들이라고 한다.

예술과 타자를 통해 새로운 정치적 가능성을 모색하는 책을 읽던 중, 나는 이 부분에서 슬쩍 책장을 덮어놓았다. 말라르메와 블랑쇼와 데리다가 한창 엉겨서 통섭하는 중이었는데 책을 덮은 것은, 이들의 사유가 더 이상 나를 감염시킬 것 같지 않아서라는 불손한 생각이 들어서였는지도 모른다. 그러나 그 이유는 사실 더 먼 곳에 있었다. 한편으로는 "사물을 그리지 말고 사물이 만드는 효과를 그리라고" 일찍이 말하였던 말라르메의 이 신비한 전언이 그때의 내 마음을 흔들었는지도 모른다.

　내 부족한 생각을 먼저 이야기하자면, 시간이란 과거로 흘러가며 희뿌연 무정란의 빛을 살포하는 것 같다. 그리하여 과거의 기억들을 무시하거나 방해하는 것이 아닌가 싶다. 그래서 나는 과거를 회상하면서 그러한 일이 정말 내게 있었는가, 의심하지 않을 수 없는 것이다. 더욱이 25년이 훌쩍 지난 일에 대해선 그렇다(이 기회에 박형준 시인과의 인연이 참 길었구나 하는 생각을 하지 않을 수 없었다). 나아가 그러한 회상이 나와 그의 관계를 위로하거나 혹은 내 기억의 두께를 두툼하게 하려는 빛의 장난일 수도 있겠다 싶었다. 그래서 나는 과거를 회상하는 일은, 불투명한 거울을 통해 보는 일이 아니라, 차라리 그 거울을 더듬어 보는 일이라 생각하였다. 특히 "아름다움에 허기진" 시인 같은 부류에게는 그 빛의 살포가 더 희뿌옇게 많이 뿌려진다고 생각하였다. 마치 기억할 수 없는 '결핍'을 백지白紙와 같은 빛이 감싸고 도는 것 같은 막연한 생각이 한순간 끓어오른 것이다.

　그러므로 내 기억은 나에게 기대서, 나를 파먹거나 괴롭히는 그 무엇이라고도 볼 수 있었다. 그래서 나는 박형준 시인에 대해 회상하는 일이 얼마나 떨리는 일인지를 고백하지 않을 수가 없는 것이다.

시인의 느긋한 '밥'

박형준 시인에 대해 이야기한다는 것이 나로서는 떨린다. 그 떨림이 가늘고 길다. 그는 나의 인천 제물포고등학교 문예반 한 해 선배이시다(참고로 장석남 형은 2년 선배이시다). 숫자를 열심히 학습하던 시절에 우리가 만났으니 1, 2, 3의 무게가 엄청 다르다고 알던 시절이다. 아무튼 나는 그 무렵의 선배를 의심하지 않고 따랐던 많은 후배 중 하나였으리라. 그래서인지는 몰라도 박형준 시인은 나를 이끌어 문학의 길로 '인도했고' 또 내가 시의 문턱에서 고민하고 있을 때, 나를 그 속에 '빠뜨리기도' 했다. 하지만 나는 박형준 시인처럼 오랜 시간을 시詩만을 고집하지 않았으며, 또 시의 재능을 일찍 인정받아서 '성큼' 그 길로 달아날 처지도 못 되었다. 그리고 보면 나는 굼뜬 '노력형' 이었다. 그와 나는 문학 쪽으로 달려온 속도가 엄청 다르다. 그런 의미에서 그는 나의 한 해 선배이지만, 시인으로서는 한참을 올려다봐야 하는 사람이다.

박형준 시인은 내가 평소 '형' 이라고 불러주면 더 좋아하는데, 이러한 호칭은 예나 지금이나 적당한 취기가 올라서 부를 때 더 좋다. 그때 입에서 나오는 '형' 은 육친의 정과 다르지 않다. 그런데 그렇게 '형' 하고 불러놓곤 우리의 관계가 남우세스러워서 곧 떨어져버린다. 이런 감정은 참 알 수 없다. 이런 점에서 보자면 우리는 보수적이면서 내성적인 사람들이다. 또 어쩌면 두 사람의 관계는 어느 한쪽의 간절함이 부족해서 다행일 수도 있다. 처음부터 벌어진 이런 틈이 있어서 문단의 많은 이들이 '아끼는' 시인에 대해서 내가 이러쿵저러쿵 이야기하며 진정으로 그의 '속맛' 을 아는 사람일까 싶기도 하지만 나는 항상 그의 주변 '어디쯤에서' 지켜본 후배로서 그에 대해서 몇 마디는 개어놓을 수 있지 않을까 싶다.

박형준 시인은 분명히 나와는 다른 삶의 태도를 갖고 있는 사람이다. 특히 '시적으로' 살기 위해 노력하는 시인으로 나는 오래전부터 그 점이 부러웠다. 이러한 마음을 나는 시집 《춤》에서 찾았는데 이것은 시인의 '나지막한' 이미지와 '고집스런' 이미지 그 사이에 포개어놓을 수 있을 것이다.

신인에게 청탁해준 잡지사가 고마워 이틀 밤낮을 꼬박 시를 써서 보내고 나서야 전기밥솥에 쌀을 안치고 김이 모락모락 나는 밥솥을 바라보던 시절이 있었다. 나는 그렇게 간절함 앞에서만 문득 무릎을 꿇어야 하리라.

—시인의 말에서(《춤》, 창비, 2005)

신인에게 청탁해준 잡지사가 고마워 이틀 밤을 꼬박 새워 시를 썼다는, 시인의 자세는 그야말로 시가 씌어진 이후의 시간까지를 궁금하게 하였다. 시를 쓰기 위해 오므렸던 다리와 어깨를 풀어놓을 수 있었던 시간. 시인이 홀로 밥 먹던 그 시간이 참으로 길지 않았을까 싶다. 시인이 그렇게 기다렸던 밥맛은 또한 어땠을까. 나는 시인의 고백 속에서 찾아진 이러한 '공들여진' 시도 중요하지만, 그를 기다리고 있는 박형준의 '느긋한' 밥의 의미도 함께 생각하지 않을 수 없었다. 나아가 그의 일상에 안쳐진 밥(시)이 모락모락 '김'으로 환원되기도 하는 이 이야기가 재미있었다. 이것은 이틀 밤을 꼬박 새운 시인에게 보였을 일종의 신기루였을 것이다. 이러한 시의 '영혼'이 시인의 방에서 모락모락 일어나고 있는 것은 그날의 큰 '사건'이었을 것이다. 이렇듯 밥 '끓는' 듯하는 시의 '열락', 그러한 소음이 조용한 시인의 방 안을 가득 채웠을 때, 입이 벌어졌을 시인의 표정을 나는 상상할 수 있었던 것이다. 하지만 나는 이보다 훨씬 전에 '시 쓰는' 그의 등짝을 본 사람이다.

시인은 왜 그토록 울어야 했나

1983년 어느 날이었을 것이다. 시인의 걸음은 삐걱거리는 마룻바닥을 걸어와서 문예반 교실에 앉아 있었다. 시인의 가슴은 파르르 떨렸을 것이며, 그 모습은 옛집 정읍에서 인천으로 날아온 작은 새의 모습이기도 하였을 것이다. 그 가슴은 먼 하늘을 날아오는 동안 얇아졌고, 그 사이 어떤 말은 새 둥지를 찾아다니면서 잃어버렸는지도 모를 일이다. 문예반 교실에 들어와 침묵을 지키고 있던 시인은 벌떡 일어서는 '빛처럼' 탁자 위에 한 편의 시를 올려놓았다. 이것은 그가 고등학교 시절에 쓴 기다란 시이고 그의 긴 슬픔이기도 하다(당시에 그가 바라보고 있던 연못에는 대체로 이러한 시가 '풍덩' 빠져 있었다).

I
누님.
내가 아홉 살 때 누님은 스무 살이었지요.
그날 뒷울안의 해바라기는 간장독보다 더 큰 키로 흔들거렸어요.
나는 숨어서 손톱보다 윤기 있는 하늘을 올려다보았어요.
누님은 그때 노오랗게 잘 익은 참외 단물 고인 목소리로 나를 찾았지요.

나를 부르는 소리가 길게 내 등짝을 지나 휘파람 소리처럼 날아가 나를 가려준 해바라기 노오란 얼굴을 물들였을 때 누님.

전 지금도 기억해낼 수 있어요.

누님은 내 발바닥 밑에서 수런거리는 채송화 꽃잎보다 더 이뻐 보였어요.

그리고 나는 누님의 품 안에 뛰어들어 우리 동네 유일의 대학생,

하리논을 내어주었던 이장댁 막내아들의 산그늘 지는 러브레터를 전해주었지요.

이마 푸른 누님의 목소리가 해바라기 노오란 얼굴에 걸려 넘어지는 것을 보면서.

II
햇살에 반짝이는 파도 한 자락
잡는 꿈을 꾸다가
풀 깎인 언덕에서 몸 버린 들꽃들이
떨어져 모래시계처럼 무너져내리는
時間
밋밋한 자기 몸을 버린 모든 하늘이 숨어 있는 시간의 모래톱 속
뗏목을 타고 오는 노을들이 버려져 있다.
누군가 놀다 버린 시대의 뜰이 하나 젖고 있는 저녁,
아울러 우리의 빈 꿈이
뼈아픈 목울음을 울며 떠나가고 있다.

누님은 어디로 가는가.

누님은 어디로 가고 있는가.

빈방에서 몇 잎 형광 불빛이

떠도는 벽들의 오후,

낡은 서랍 속에서 누님의 편지가 흐느끼고 있다.

서른 살 먹은 누이가

스무 살 처녀가 되어 몸 버리던 풀 깎인 언덕에서

사내가 꺾은 들꽃으로 피어 있다.

이층집이 그려져 있는 그늘진 목소리로

찢어진 러브레터

가난의 江물 위에 뜨고 있다.

Ⅲ

불면의 밤에

깨어 일어나 기침하는

山河,

목마른 者의 밤이

하얀 소금덩어리로 남아

마르고 있을 때,

더러는 피리 구멍만 한 바람이 지나고

누가 빈 목소리 하나 떠도는

누님의 방 안을 엿보고 있느냐.

혀 짧은 우리들의 가슴에 아침노을 하나 입혀주고 가느냐.

　　—〈목소리〉 전문, 1983년(인천 제물포고등학교 3년 박형준)

고향을 떠나온 시인에게 다가온 "햇살"은 따뜻하였을까. 서 글픔이 출렁거리는 이 시는 박형준 시의 원형일 것이다. (당시 고등학생이었던) 시인은 이러한 시를 한참 동안 꿍쳐서 '방안퉁 소처럼' 노느라 정신이 없어서, 월요일부터 목요일까지 한 번 도 후배들의 눈에 띄지 않았다. 그런 시인이 금요일이면 '출두 하여' 여러 편의 시를 뭉텅 내놓기도 하였는데. 이 시가 그날 은 촛불처럼 홀로 서럽게 울면서 탔던 것 같다.

우리는 가끔 그 무렵의 박형준 시인의 목소리를 이렇게 귀 담아들을 수 있었다. 그러한 모임이 매주 금요일 오후, 문예반 교실에서 열린 것은 우리에게 행복이었다. 생각해보라. 금요 일 오후는 얼마나 농축된 시간인가. 이 낭만적인 시간에 우리 는 먼 고향에서 '외롭게' 날아온 '방안퉁소'의 이야기에 빠져 들을 수도 있었던 것이다(박형준 시인은 당시 이제 막 결혼한 형의 신혼집에 살면서 '알처럼' 그의 시를 품었고, 나는 술이 취하여 그 방에 자빠져 있는 날이 많았다. 그때 시인은 술이 깨라고 설탕물을 타서 내게 주었다).

그 시절의 우리는 박형준 시인의 〈목소리〉에 '그을렸다고' 말할 수 있을 것이다. 그러고 보니 시인의 목소리는 예나 지금 이나 꺼져들어가는 빛을 닮았고 그때도 지금처럼 위태롭게 보 일 뿐, 그 불꽃의 심지는 꺼지지 않았다. 그래서 우리는 그의 목소리에 더 주목할 수밖에 없었던 것이 아닌가 싶다.

내가 이와 같은 〈목소리〉의 시를 다시 꺼낸 이유에는 또 여 러 겹의 생각이 있다. 이 시를 내가 처음 만난 것은 그러니까 열여덟 정도였는데, 그 무렵에는 이 시를 독해하는 정도로만 좋아라고 했을 것이다. 그러다 후일 그가 고투하여 쏟아내고 있는 시를 '점점' 더 만나면서 또 그가 은유를 버리고 쓰는 다른 산문들을 겹겹이 만나면서, 나는 왜 시인이 그토록 '어두운' 시만을 사랑할 수밖에 없었는지를 차츰 이해할 수 있는 시간에 이르렀다.

그때 나는 박형준 시인의 품으로 날아온 옛 시를 봐야 한다고 생각했다. 보고 싶었다. 나는 다시 이 〈목소리〉라는 시를 떠올리면서 그때의 시인에게 묻지 못했던 많은 질문들이 내 속에 있다는 것을 알았다. '당신은 왜 그토록 많이 울지 않으면 안 되었을까' 하는 물음이 그 첫 번째 물음일 것이다. 시인의 울음을 그 스스로가 '방안퉁소'의 울음에 비유한 바 있는데, 나는 그 울음을 그치고 이제는 그의 큰누님 말씀처럼 희망을 이야기했으면 정말 좋겠다.

내가 쓰는 시의 소재 중에서 많은 부분을 차지하는 것이 가족에 관한 것이다. 큰누님에 대한 시만 해도 지금까지 몇 편이 된다. 내가 팔남매의 막내인 탓에 큰누님은 내겐 어머니뻘이다. 큰누님은 올해 회갑을 맞았다.

집안이 가난해서 어린 시절 식모를 살았던 큰누님. 그때 제일 힘들었던 기억이 겨울 강가에서 빨래를 할 때 얼어 있던 단풍잎을 본 것이라고 한다. 겨울에 언 강을 깨고 빨래를 하는데 큰누님 뒤로 빨간 단풍잎이 바람에 날아왔다. 빨래를 하는 동안 겨울인데도 색깔을 잃지 않은 단풍잎은 금세 강물에 젖어 서리가 맺히고 어느새 큰누님의 마음속에서도 얼어붙었다. (…)

나는 어두운 가족사를 돌아보며 시를 쓴다. 그것은 어둡고 칙칙한 방안퉁소의 음률에 불과하다. 그런데도 가족들은 내 시집이 나오면 꼼꼼하게 시를 읽어준다. 거기에 자신의 모습이 나와 있기 때문이다. 큰누님 역시 어둡고 칙칙한 모습으로 시에 각인돼 있다. 큰누님에겐 얼마나 돌아보기 싫은 과거였을까. 그런데도 큰누님은 자신의 불행한 기억을 시로 썼다고 해서 야단을 친 적이 없다. 대신 이젠 희망을 이야기할 때라고 말한다. 과거의 칙칙한 기억에 지배당하지 말고 여름날에 핀 시골집의 개나리에서 희망을 보라고 하신다. 큰누님에게서 가난은 함부로 말해질 수 없는 것이지만 돌아보는 행위를 통해 미래를 희망하는 발판이 될 수 있음을 배운다.

—〈가난은 함부로 말해질 수 없다〉
(《아름다움에 허기지다》, 87~89쪽, 창비, 2007)

눈꺼풀 위의 상처

한때 그의 눈에는 닭 벼슬 모양의 작은 상처가 있었다. 그것은 눈꺼풀 위 어디쯤 있었던 것 같다. 지금은 그 상처를 보고 싶어도 볼 수 없게 되었다. 20대 중반의 나이에 취직이 걱정되어 군병원에서 지워버린 것이다. 그 이전의 상처가 어떠했는지 나는 또렷이 기억나지 않는다. 가물가물하다. 그때는 전혀 의식하지 않았던 일이다. 그런데 시인은 가끔 눈꺼풀을 열듯 그 상처에 대해 말한다. 그 이야기는 상처 이전의 이야기로 멀리 올라간다. 그래서 어머니와 아버지 그리고 그가 살았던 집 울타리를 넘어 신작로까지를 떠듬떠듬 돌아다니기도 한다.

그 상처와 관련한 시인의 의식은 점점 퍼져서 때론 그의 가족사와 고향집을 하얀 붕대로 칭칭 감아놓기도 한다. 그런데도 시인은 그 상처를 닭 벼슬 모양의 상처로서 그렇게 인식하고 있는 것 같다. 하지만 그 상처의 크기는 처음부터 말할 수 없는 것인지도 모른다. 내가 보기에 그 상처의 모양은 구상이 아니라 추상에 가깝다. 시인의 이야기를 듣다 보면, 그 상처는 그런 것인지도 모른다. 또 어쩌면 그 누군가의 상처를 들여다보기 위해서 최초 닭 벼슬 모양의 상처가 그에게 온 것인지도 모른다. 그런 의미에서 눈꺼풀 위의 상처는 자신의 상처 이야기가 아니었는지도 모른다. 그 상처는 더 얇은 더 오래된 이야기를 들춰보기 위해서 시인이 처음 눈꺼풀을 열었을 때 생긴 상처인지도 모른다. 하지만 시인의 그러한 옛 상처는 이미 없어진 지 오래이다.

그럼에도 불구하고 상처를 계속 껴안아야 하는 것이 그의 운명이라면 어떻게 하랴. 그런 의미에서 이번의 수상으로 잘 알려진 〈가슴의 환한 고동 외에는〉이란 시를 주목하는 일은 큰 의미가 있을 것 같다. 특히 "눈꺼풀에 올려논 지구가 물방울 속에서"란 시행이 내가 보기엔 그러하다. 시인이 보려고 하는 상처는 물방울이라는 '둥근' 투명 막을 투과할 때 더 잘 볼 수 있을 것이다. 그것은 축소 확대가 가능한 '렌즈'의 역할도 있는 것이다. 고로 눈꺼풀 위에 올려놓은 지구는 가능하다, 또 그 물방울은 슬픔덩어리인 지구를 한 방울의 눈물로도 채울 수 있다. 그러한 눈물이 지금 "내 발밑으로 꺼져가"는 중에 있다고 시인은 보고 있다. 그 한 방울이 지상으로 내려와 충격을 가할 때, 우리는 그가 말하고 있는 눈물의 무게를 감지할 수 있을 것이다.

가슴의 환한 고동 외에는 들려줄 게 없는
봄 저녁
나는 바람 냄새 나는 머리칼
거리를 질주하는 짐승
짐승 속에 살아 있는 영혼
그늘 속에서 피우는
회양목의 작은 노란 꽃망울이 얼마나 아름다운지
눈꺼풀에 올려논 지구가 물방울 속에서
내 발밑으로 꺼져가는데
하루만 지나도 눈물 냄새는 얼마나 지독한지
우리는 무사했고 꿈속에서도 무사한 거리
질주하는
내 발밑으로 초록의 은밀한 추억들이
자꾸 꺼져가는데

　　　　　　　　　　　　—〈가슴의 환한 고동 외에는〉 전문

　훌륭한 시를 '낳은' 시인의 모습이 아니어도 박형준 시인은
이미 나에게 많은 시적 영감과 시의 과녁을 만들어준 사람이
다. 그러다 보니 나는 그에게 커다란 존경심을 가지는 한편으
로는 끝없는 질투심을 느끼는 존재이다. 이즈음 하여서 나는
시인과의 관계를 사이좋은 '문우' 내지는 '도반'의 관계로 더
많은 이야기를 나누고 싶다고 형의 옆구리를 툭 하고 쳐본다.
내가 형의 앞날을 더 기대하면서 바라다보고 있다는 의미로
받아줬으면 싶다.

금요일의 침묵

나는 앞서 말라르메가 이끈 화요회에 참석한 이들을 생각하면서, 그 자리에 초대받은 이들을 부러워하였다. 그렇게 펼쳐진 자리에서 덤덤하게 타오르는 시의 영성이기도 한 촛불을 상상하면서 은근히 몸이 뜨거워지는 것을 느꼈다. 또 그러한 빛을 쬐려고 모인 이들 폴 발레리, 앙드레 지드, 폴 클로델, 그 옆자리의 장석남, 박형준, 김우섭, 박종명 시인 등의 눈빛이 삼킨 빛의 산란을 나는 살아 있는 이들의 무늬로 기억하고 싶었다. 이런 느낌은 고흐의 〈감자 먹는 사람들〉에서 새어나오는 빛이 어두운 식탁을 어룽거리며 그 앞에 동그랗게 모인 그들의 눈망울을 끔벅끔벅 쳐다보면서 "당신은 내일 무슨 말로 살아갈 것이냐"고 물어볼 것만 같은 삶의 무늬이기도 하다.

나는 이미 오래전 금요일 오후에 무릎을 꿇고 앉아서 더 낮은 자세로 시를 갈구하던 시인을 기억하고 있다. 그 자리에서 웅크리고 있던 시인의 깊은 침묵을 잊을 수가 없다. 그리고 오늘 같은 날에는 그런 금요일의 침묵이 더 배고프다. 금요일 오후에는 빛으로 태어나는 시가 있었고 춤으로 태어나는 시가 있었다. 또 '허기'를 탐미하는 시인의 눈꺼풀 위에 상처가 있었다.

나는 앞으로도 지금처럼 시인을 위로하거나 위무하지 않을 것이다. 그는 앞으로도 계속 게으르게 혼자서 빛나는 예술가가 되려 하기 때문이다. 이틀 밤을 꼬박 새워도 기다려주는 그의 '느긋한' 밥이 그에게 있기 때문이다. 그러하기에 그의 허기는 탐미를 계속 꿈꾸는 것이기도 하다. 예전에도 그러했던 것처럼 나는 그가 외로운 이를 만나서 그 세계를 껴안길 바란다.

이재무
신발이 나를 신고 외

1958년 충남 부여 출생.
한남대 국문학과와 동국대 국문학과 대학원 졸업.
1983년 《삶의문학》《실천문학》《문학과사회》 등에 시를 발표하면서 등단.
시집 《섣달 그믐》《온다던 사람 오지 않고》《벌초》《몸에 피는 꽃》《시간의 그물》
《위대한 식사》《푸른 고집》《저녁 6시》《오래된 농담》, 산문집 《생의 변방에서》 등.
난고문학상, 편운문학상, 윤동주시상 수상.

신발이 나를 신고

주어인 신발이 목적어인 나를 신고

직장에 가고 극장에 가고 술집에 가고 애인을 만나고
은행에 가고 학교에 가고 집안 대소사에 가고 동사무소에
가고
지하철 타고 내리고 버스 타고 내리고

현관에서 출발하여 현관으로 돌아오는 길
종일 끌고 다니며 날마다 닳아지는 살(肉)
끙끙, 봉지처럼 볼록해진 하루
힘겹게 벗어놓고
아무렇게나 구겨져 침구도 없이 안면에 든다

낮잠

꽃 피운 목련나무 그늘에 앉아
누군가 부쳐온 시집 펼쳐놓는다
아니, 시는 건성으로 읽고
행간과 행간 사이 꼼꼼하게 들여다본다
햇살은 낱알로 내려 뜰 가득 고봉으로
소복 쌓이고 시집 속 봄볕에
나른해진 글자들
겯고 튼 몸 뒤틀다가 하나, 둘, 셋
느슨하게 깍지를 풀고
꼬물꼬물, 자음과 모음 벌레 되어 기어나온다
줄기와 가지 따라 오르고
꽃 치마 속 파고들기도 한다
간지러운 듯 나무가 웃고
꽃은 벙글벙글
이마에 책 쓰고 누워
배 맛처럼 달고 옅은 꽃잠을 잔다

뜨거운 여름

풀밭에 누워 오후 내내 배 채웠던
끼니 도로 게워 되새김질하고 있는 소의,
퍼올린 표주박 물처럼 맑은
눈망울 속엔 그렁그렁 슬픔이 고여
일렁이고 있다 그 맑은 수면 위
천천히 구름이 흘러가고 앞산이 스쳐간다
소의 눈 들여다보는 일은
잃어버린 시간을 돌아보는 일
얼비치는 흑백의 풍경 애틋하다
내가 상념에 잠겨 있는 동안
장좌 묵언하는 스님처럼
저도 무념의 시간을 저작하더니
등에 수북이 쌓인 여름 털며
게으르게 일어서는 소
체내에서는 벌써, 삼켜진 풀잎들
한창 붉은 피로 자신들의 몸 바꿀 것이다
한 소식 얻은 듯 쿵 쿵 쿵 지축 울리며
걸어가시고 한 발 한 발 보폭 옮길 때마다
항문 비집고 나오는, 떡가래처럼
굵고 푸짐한 아침나절의 초원
일정한 간격 지키며 길에 남는다

그러자 냄새에 동한 풀잎들 길 쪽에
먼저 닿으려고 손 뻗으며 아우성이다

자국

도로 바닥에 자국이 하나 태어났다
저 성긴 자국 속에는
아직 지워지지 않은 생의 미련이 있다
절박했던 순간의 아픈 비명이 있다
생과 사의 간극이 저토록 짧다
저 자국의 주인을 나는 모른다
저 주인의 이력을 나는 모르지만
저 자국의 비애를 나는 내 것으로 읽는다
누군들 사는 동안 필생의 삶을 살지 않겠는가
재의 성질과 부피는
생전의 화력을 가늠케 한다
되도록 적게 냄새를 남겨야 한다
거듭 달려와 바닥이 한사코 제 안쪽으로
끌어당기는 자국 뭉개고 가는 바퀴들
그때마다 진저리치며 시나브로
지상을 떠나는 자국의 분진들
원심과 구심의 팽팽한 긴장을 뚫고
때마침 바람이 분다
길가 마른 풀잎들 머리 풀어 크게 흔들고
허공을 붉게 울던 홍엽 몇 장
팔랑팔랑 몸 흔들며 가지를 떠나고 있다

칼과 도마

한바탕 살육 끝낸 사내
피 묻은 몸 씻은 후
집에 들어 일자로 누워 있다
곤한 잠 자는지 요동도 없다

폭풍이 물러난 뒤
파지가 된 자신의 몸에 밴
피와 냄새, 무수히 새겨진 주름 위
새롭게 그어진 상흔들
물끄러미 바라보는 여인

즐거운 식사가 끝나고
식탁 떠나는 포만의 눈동자들
각자의 방 속에 들어가
수천수만 개의 방을 뒤져
마음의 허기 달랠 사냥감 찾아다니며
저 홀로의 야생의 시간 보내고 있다

수평선

수평은 고요가 아니다
수평은 정지가 아니다
가만히 들여다보라
선 안팎 넘나들며 밀려갔다
밀려오는 격렬한 몸짓,
소리 없이 포효하는 함성을
저, 잔잔한 수평 안에는
우리가 어림할 수 없는
천연의 본성이 칼날을 숨긴 채
숨, 고르고 있는 것이다
저 들끓는 정지와 고요가
바깥으로 돌출하는 날
수평은 날카롭게 찢어지리라

제 속 들키지 않으려
칼날의 숨 재우고 있는
저 온화한 인품의
오랜 침묵이 나는 두렵다

봄밤

입덧 앓던 나무 몸 안쪽에 품었던
꽃송이 꾸역꾸역 토해낸다
아프고 환하게 태어나는 신생들
신호대기 앞에서 자동차가 그러하듯이
달려오던 시간 급브레이크 걸고 우뚝 멈춰선다
갓 태어난 아이들로 봄 뜰이 온통 시끄럽고 분주하다
저 순결의 자식들은 한 열흘 무겁고 칙칙한 세상,
날렵하게 날개 펴 경쾌한 스텝의, 황홀한 춤으로
맘껏 희롱하다가 소리 소문 없이 잠적할 것이다
그러거나 말거나 내 몸은 식을 줄 모르는
더러운 쾌락의 관성으로 나날이 두꺼워져간다
이 밤 누군가는 무덤까지 지고 가야 할
저만의 내밀한, 탕감받을 길 없는
죄의 비밀로 몸서리치며
몸속에 쟁인 뜨건 울음의 긴 끈을
아무도 몰래 끝없이 꺼내고 있을 것이다
아이스크림이 녹아내리듯 봄밤이 흐르고 있다

흑산도 홍어

목포에 가면 흑산도산 홍어를 먹을 수 있지
묵은 김장 김치 한 장 넓게 펴서
푹 삶은 돼지고기에다가 거름더미에 삭힌
홍어 한 점 얹혀 한 입 크게 삼켜
소가 여물을 먹듯 우적우적 씹다 보면
생활에 막힌 코가 뻥, 뚫리면서
머릿속 하얗게 비워진다네
빈속 싸하게 저릿저릿 적셔가며
주거니 받거니 탁배기 한 순배
돌리다 보면 절로 입에서 남도창 한 자락
흘러나와 앉은 자리 흥을 더욱 돋우기도 하지만
까닭 없이 목은 꽉 메면서 매캐한 설움
굴뚝 빠져나오는 연기처럼
폴폴 새어나와 콧잔등 얼큰, 시큰하게도 하지
사투리가 구성진 늙은 여자 허리에 끼고
속알머리 없는 기둥서방으로 퍼질러앉아
잠시 잠깐 그렇게 세월을 잊고
농익은 관능 삼키다 보면 시뻘겋게 독 오른
생의 모가지쯤이야 한숨 죽여 삭힐 수 있지

송재학
늪의 內簡體를 얻다 _외

1955년 경북 영천 출생.
경북대 졸업.
1986년 《세계의 문학》으로 등단.
시집 《얼음시집》《살레시오네 집》《푸른빛과 싸우다》《기억들》
《진흙 얼굴》, 산문집 《풍경의 비밀》 등.
김달진문학상, 대구문학상 수상.

늪의 內簡體를 얻다*

　너가 인편으로 붓틴 褓子에는 늪의 새녘만 챙긴 것이 아니
다 새틸 미듭을 플자 믈 우에 누웠던 兀羅 하늘도 한 움큼, 되
새 떼들이 방금 볿고 간 발자곡도 구석에 꼭두서니로 염색되
어 잇다 수면의 믈거울을 걷어낸 褓子 솝은 흰 낟달이 아니라
도 문자향이더라 보람을 떠내자 수생의 초록이 눈엽처럼 하늘
거렸네 褓子와 미듭은 초록동색이라지만 초록은 순순히 결을
허락해 머구리밥 수이 너 과두체 內簡을 챙겼지 도근도근 미듭
도 안감도 대되 雲紋褓라 몇 점 구룸에 마음 적었구나 혼 소솜
에 游禽이 적신 믈방올들 내 손동에 미끄러지길래 부르르 소
름 돋았다 그 만혼 고요의 눈서를 보니 너 담담한 줄 짐작하겠
다 빈 褓子는 다시 보닌다 아아 겨을 늪을 褓子로 싸서 인편으
로 받기엔 어룸이 너무 차겠지 向念

---

* 언니가 여동생에게 보내는 내간체의 느낌을 살리기 위해 남광우의 《교학
고어사전》(교학사, 1997년)을 참고로 하여 고어 및 순우리말과 한자말 등을
취사했다. 현대어로 풀이하면 다음과 같다.

　네가 인편으로 부친 보자기에는 늪의 동쪽만 챙긴 것이 아니다 새
틸 매듭을 풀자 물 위에 누웠던 兀羅 하늘도 한 움큼, 되새 떼들이 방

금 밟고 간 발자국도 구석에 꼭두서니로 염색되어 있다 수면의 물거
울을 걷어낸 보자기 속은 흰 낮달이 아니라도 문자향이더라 바람을
떠내자 수생의 초록이 새순처럼 하늘거렸네 보자기와 매듭은 초록동
색이라지만 초록은 순순히 결을 허락해 개구리밥 사이 너 과두체 內
簡을 챙겼지 도근도근 매듭도 안감도 모두 雲紋褓라 몇 점 구름에 마
음 적었구나 삽시간에 游禽이 적신 물방울들 내 손등에 미끄러지기
에 부르르 소름 돋았다 그 많은 고요의 눈맵시를 보니 너 담담한 줄
짐작하겠다 빈 보자기는 다시 보낸다 아아 겨울 늪을 보자기로 싸서
인편으로 받기엔 얼음이 너무 차겠지 向念.

달 가듯이

달이라는 짐승이 제 머리를 뚝 떼어내 앞으로 던졌다
달이 움직인다!
달맞이꽃 그늘은 살이 차오를 때까지 환상통에 시달린다
달이 힘겹게 움직일 때
파도의 손가락들도 달의 통점에 닿으려 한다
달의 안감을 뜯어내려는 저녁 바다는
물로 된 서랍을 죄다 열었다
작은 어선의 백열등을 연결한
별자리 위에서
달을 도우려는 기러기 떼는 한 계절 먼저 출발했지만
아직 달 표면에 조류의 무늬는 없다
새의 착륙을 위해 나무들은 쇄골의 수피를 벗겼다
달이 다시 움직인다
기러기 떼와의 거리를 좁혔다

절벽

절벽은 제 아랫도리를 본 적 없다
직벽이다
진달래 피어 몸이 가렵기는 했지만
한 번도 누군가를 안아본 적 없다
움켜쥘 수 없다
손 문드러진 天刑 직벽이기 때문이다
솔기 흔적만 본다면
한때 절벽도 반듯한 이목구비가 있었겠다
옆구리 흉터에 똬리 튼 직립 폭포는
직벽을 프린트해서 빙폭을 세웠다
구름의 風磬을 달았던 휴식은 잠깐,
움직일 수도 없다
건너편 절벽 때문이다
더 가파른 직벽과의 싸움이 끝나지 않았기 때문이다

담쟁이 燈

수피와 겹치는 민물고기 등을 보았다
서어나무 안에서 헤엄쳐나온 담쟁이 단풍이다
서어나무 등(椎)이 환해졌다라고 적었다가 燈을 바꾸어 달았다
燈을 켜니까 서어나무 주변의 민물고기 떼들,
공기에 물을 채우고 있다
燈의 심지를 올리는 손길이 여럿이기에
서어나무에서 자란 팔처럼 나, 고요하련다
숲의 요기를 따지자면 초록불이겠지만 붉은 등불이란다
등뼈를 곱씹으면서 하나둘 켜지는 붉은 등이란다
그렇다면 내가 저 등의 오한에 물들리라
눈동자 찾아가는 물고기가 시린 내 등뼈를 지나가면서 불을
켰다
　자잘한 역광의 지느러미 가졌던 송사리 떼 금붕어 떼 담쟁이,
地錦常春藤이다

소리冊

　오늘 만어사*에 와서 소리의 書冊을 보았습니다 흩지느러미 가름끈이 아름다운 소리책입니다 책등의 아가미로 숨 쉬는 책입니다 물고기 등뼈가 분류한 소리集의 한국십진분류는 700 언어 편이지만 다시 미세 뼈가 분류한 숫자는 799, '비와 물고기의 소리 편' 입니다 비 새는 곳이 만어사와 내 몸뿐 아니라 저 가을길도 그러한 듯 산길 골라 왔습니다 지금 읽지 않는다면 비늘 떨구며 시나브로 사라질 소리입니다 지금 소리의 앞뒤를 따라가면 내 몸에 송홧가루 필사본 책 한 권 채워집니다 누군가 이곳에 와서 그가 가진 짓소리를 다 게워놓았습니다 청맹과니 이곳에 와서 무구정광대다라니경을 다 읽고 갔습니다 여늬 소리는 노골적으로 바위 품에 尾鰭體로 파고드는 중입니다 거무튀튀하고 시꺼멓고 울긋불긋하고 풍화 중인 바위는 소리가 마뜩찮은지 쪽수를 힘겹게 넘깁니다 신음하거나 헐떡이고 한숨 쉬며 비명 지르다가 훌쩍이면서 울부짖다가 다시 흐느끼고 마침내 울거나 속삭이며 아우성치고 투덜대는 소리가 결국 넓고 좁고 검고 누렇고 작고 둥글고 넓적하게 바위로 굳어져서 내 불평불만을 깔고 일몰 속에 앉을 수 있게 되었습니다 그렇게 능화판 호접장 소리책 한 권이 만들어졌습니다 나 역시 오늘 가진 소리 죄다 끄집어내어 만어사 책방에 보시하였습니다

*《삼국유사》〈어산불영〉 편에, 만어사는 고려 때 창건했는데 승려 보림이 명종에 고하길 만어산 만어사는 북천축 가락국의 佛影과 비교할 만하다고 했다. 만어산 연못에 용이 살고 때때로 강가로부터 구름이 일어나 산꼭대기까지 올라가는데 그 구름 가운데 소리가 나며, 서북쪽 반석에는 항상 물이 고여 있어 부처가 가사를 씻던 곳이다. 일연이 직접 보니 산중의 돌에서 3분의 2가 다 금옥의 소리를 내었다.

자두밭 이발소

金星理髮 문 열었구나
자두밭 출입문이 또 바뀌었다
理髮 다음 글자는 지워졌지만
붉은 '金星理髮' 은 비 젖어 선명하다
얼기설기 거꾸로 매단 문짝 그대로
金星理髮 문 열었네
봄비에 들키면서 왔다
첫 손님으로
오얏나무 의자에 앉으니
키 작은 아가씨들, 단내가 싱숭생숭하다
푸시킨의 시를 읽는 시간에 맞추어
자두애나무좀벌레 있다는
金星理髮 문 열었구나
자두 꽃잎 사이 면도날 재우면
내 가잠나룻이야 금방 파릇해지지
자두 아가씨 속눈썹 이윽하니 이 몸의 퇴폐 데우겠다
잔무늬청동거울이라 내 새치마저 숨는구나
자두비누 자두샴푸에
두피까지 시원한 이발이다
요금도 없이 외려 자두 한 움큼 받아오니
밀레의 만종이 반가운

金星理髮 문 열었네
멀리 시내 갈 필요 없다
집 옆 자드락 공터에 자두이발소 생겼구나
염색 꼭 하세요
아내의 신신당부와 함께
일요일마다 자두잼 바른 빵 먹고
이슬바심 이발하게 되었네
金星理髮 문 열었구나

환승

고물이 통통한 배가 꼭 제 덩치만 한 배에 접근했다 배꼽 근처에서 낭랑한 입이 열리고 물컹한 다리가 걸쳐지자 통통의 승객들이 덩치로 옮겨탄다 환승이다 하지만 내 시선에 붙잡힌 것은 눈꼬리가 샐쭉한 舟船綱의 포유류이다 엉덩이가 더 큰 엉덩이에 들이대는 다정다감, 저들의 짝짓기에서도 쇠 냄새는 없다 입에서 입으로 건너가는 따뜻하고 말랑말랑한 혀 같은 환승이 끝나고 엉덩이를 돌려 헤어질 때까지 이 뚱뚱하고 오래된 짐승들은 멈칫멈칫 젖은 살을 부빈다 물 위의 그림자들 포개지며 일렁거리며 마지막까지 머뭇거린다

개울은 그렇게 셈해졌다

바투의 오체투지가 얼음장 개울을 만났다
그는 개울의 폭을 묵산한 뒤
여덟 번 오체투지하고
맨발로 개울을 건넜다
발목까지 젖었지만
바투는 물을 밟고 걸어간 것처럼 보였다
수면의 발자국을 남기려고 결빙이 시작되었다
개울은 그렇게 셈해졌다

장석남
석류 익는 시간 외

1965년 인천 덕적 출생.
서울예대 문예창작과 졸업.
1987년 《경향신문》 신춘문예에 〈맨발로 걷기〉로 등단.
시집 《새떼들에게로의 망명》《젖은 눈》《물의 정거장》
《왼쪽 가슴 아래께에 온 통증》《미소는 어디로 가시려는가》 등.
김수영문학상, 현대문학상 수상.
현재 한양여대 문예창작과 교수로 재직.

석류 익는 시간

당신은 내게 비단을 주어
비단을 딱 한 필만 주어
그걸 눈에 두르고
더듬어서 내 맘속 둥그런 항아리 속으로나 들어가보게
그 항아리에 늘 허공이나 담아두는 당신의 뜻을 모르니
붉은 비단이나 두 눈에 곱게 두르고 들어가면 알려나?

하늘이 온통 노을로 꽃핀
이 부러진 듯 시디신 석류 익는 시간

중년中年

봉숭아 분홍은 분홍을 한 필
보라는 보랏빛을 한 필
발등 둘레에 펼치었는데
마당은 지글거리며 끓는데
우리들은 된그늘을 한 필씩 내려놓고서
먹던 물대접 뿌려 마당귀 돌멩이들 웃게 해놓고
민둥산을 이루었네

여행

어쩌다가 나의 숨결은
겨울 강릉으로도 가 흐른다
경포 솔밭 속 청파여관 아궁이 앞
강아지 자던 자리 동그란 보금자리

솔바람은 싸늘해도
뺨이 시려도
숨결은 한 손에 다른 한 손 쥐고
또 한 손에 허공 쥐고
이내처럼 흐른다
눌변訥辯의 발자국도 서성서성 여럿
흩어졌다 모이고
흩어졌다 모였다

청파여관 아궁이 앞
강아지 자던 자리 동그란 보금자리
어쩌다가 나의 숨결은
그런 데에 가 흐른다

방

동백꽃이 피었을 터이다

그 붉음이 한 칸 방이 되어 나를 불러들이고 있다

나이에 맞지 않아 이제 그만 놓아버린 몇 날 꿈은 물고기처럼 총명히 달아났다

발 시려운 석양이다

이제 나는 온화한 경치처럼 나지막이 기대어 섰다

아무도 모르는 사랑이 벽을 두른다

동백이 질 때 꽃자리엔 어떤 무늬가 남는지

들여다보는, 큰 저녁이다

문 없어도 시끄러움 하나 없이

들끓는 방이다

바위 그늘 나와서 석류꽃 기다리듯

바위 곁에 석류나무 심었더니 바위 그늘 나와서는 우두커니 석류꽃 기다리네

장마 지나 마당 골지고
목젖 붉은 석류꽃 피어나니
바위는 웃어
천년이나 만년이나 감춰둔 웃음 웃어
내외內外하며 서로를 웃어
수수만년이나 아낀
웃음을 웃어

그러니까
세상에 웃음이 생겨나기 훨씬 전부터
울음도 생겨나기 이미 전부터

둘의 만남이 있었던 듯이
우리 만남도 있었던 듯이

묘지

마른 갈대숲을 헤쳐 언덕을 올라갔습니다

언덕에 올라가보니 갈대 고개가 꺾여 이어진 것이 내가 지나온 흔적이었고

갈대는 정오의 빛들을 제 모습대로 꺾으며 흔들리고 있었습니다

잠시 나는 그 언덕에 서서 내가 왜 여기에 왔는지 잊었습니다

손등에 분홍 상처가 몇 줄 나서 엷게 쓰렸습니다만 그것은 아픔은 아니었습니다

겹겹이 산 능선들이 부드러운 물결을 이루어 다가오고 있었습니다

서두르는 기색은 하나도 없었고 헤아릴 수 없이 오랜 동안 해온 일이건만

지친 기색도 없었습니다

나는 잠시 그 능선들의 물결 위에 앉아서 내가 왜 여기에 있는지 잊었습니다

조금 울렁이며 멀미가 있었지만 그것은 괴로움은 아니었습니다

처서處暑 단상斷想

마른 빨래는 방 안으로 던지고
덜 마른 빨래들을 처마 아래 건다

나뭇잎이 쩡쩡 소리 내며 물든다

전기 검침원의 오토바이 소리 오솔길을 미끄러져 내려가고
나는 바지춤이 풀린 것도 모르고 그를 배웅했다

담장 밖에 아무렇게나 몸 버린 구절초는 구절초
빈 몸의 옥수숫대 끝에서 새가 울어 건너 산이 건너온다

이해가 가지 않던 일들 몇 내놓기 좋다

덜 마른 빨래를 한 번 더 손에 쥐어본다

대설大雪

함박눈 휘날리는데 나는
널따랗게 펼쳐진 대로변을
큰 황소나 너댓 마리
앞서거니 뒤서거니 세워 끌고서는
느릿느릿 어떤 굶는 여자女子나 많은
마을을 지나가고 싶다

그대로 움직이는 커다란 절간인 거야
그 가람(大伽藍) 배치 좀 봐
그렇지? 그렇지?
오, 바람 속 꽃송이야
전각마다 촛불 발갛게 타는
본 말사 천 간
풍경 소리 찬란하다

퇴계로 지나 어느덧 테헤란로 지나간다
출장 안마 가던 아가씨 눈물 그렁그렁 바라보네

권혁웅
드라마 외

1967년 충북 충주 출생.
고려대 국문학과와 동 대학원 졸업.
1996년 《중앙일보》 신춘문예에 평론이, 1997년 《문예중앙》 신인문학상에 시가 당선되어 등단.
시집 《황금나무 아래서》《마징가 계보학》《그 얼굴에 입술을 대다》,
시론집 《한국 현대시의 시작방법 연구》《시적 언어의 기하학》 등.
현대시동인상, 시인협회 젊은시인상 수상.
현재 한양여대 문예창작과 교수로 재직.

드라마

　김金의 눈이 표면장력으로 둥글어질 때 내게는 그릇이 없었다 흰개미 떼가 줄지어 옆집으로 이사 갔다 더 파먹을 기둥이 남지 않았던 건가? 동쪽이 기우뚱했다 각角 항亢 저氐 방房 심心 미尾 기箕의 하늘*이 한순간에 쓸려내려갔다

　나의 하루는 어머니가 켜놓은 치정극에서 시작된다 치받고(角) 조이고(亢) 근심하고(氐) 가두고(房) 동그래지고(心) 흘레붙고(尾) 결국에는 쓰레기가 되는(箕) 하늘들, 김金이 마침내 두 눈을 쏟았다 아 시끄러워요, 거 제발 좀! 나는 소리를 질렀다

　조심조심 깨진 그릇을 비질하듯 이李의 손이 배를 쓰다듬었다 복수의 끝에서 이李는 가업을 물려받게 된다 나는 이李의 손길 아래서는 조용한 길짐승, 도로를 지나는 트럭이 난폭하게 플롯을 결딴낼 때까지 나의 이야기는 계속된다

　이심전심이다 심심할 때면 꼭 전화벨이 울린다 그러면 정鄭은 왼쪽 45도, 전방 15도 각도로 얼굴을 들고 나를 쳐다본다 정鄭은 이대를 나왔다 마지막 패는 서향西向이다 규奎 루婁 위胃 묘昴 필畢 자觜 삼參의 하늘**이 붉게 충혈된다

　주말연속극을 보고 나서야 어머니는 잠자리에 든다 엉기적

거리며 걷고(奎) 성글고(婁) 멍청하고(胃) 좀스럽고(昴) 옥죄고(畢)
뾰족하고(觜) 엉망으로 뒤섞인(參) 하늘들, 정들면 거기가 무덤
이다 자리를 펴고 나는 김과 이와 정을 묻었다 산파술이 그 언
덕을 넘을 수는 없었다

* 이십팔수二十八宿의 동쪽 하늘.
** 이십팔수의 서쪽 하늘.

순수의 시대

—드라마 2

가정법에 기댄 오후는 둥글다 그녀가 돌아온다면 이 땅은
어땠을까? 사촌의 그린벨트가 해제되자 곽郭은 마침내 등을
말았다 원하는 것과는 다른 벼락이 쳤고 수목이 뽑혔고 늦가
을 바람이 불었다 내감內感의 바람은 심히 물질적이어서, 그는
출렁이는 위산을 상속받았다

진陳이 양산을 받쳐들고 또 다른 곽郭의 부지에 내렸다 늦가
을 바람에 닭살이 오소소 돋아났다 곽이 자기 몸에 새긴 점자
라고 그녀는 생각했다 밤이 되면 털 뽑힌 날개로 그녀는 또 다
른 곽의 아래서 파닥일 테지만…… 튀김가루 같은 먼지가 머
리 위로 내려앉았다

곽에서 곽으로, 그녀는 삼각형을 내분內分했다 그녀와 삼각
형은 아무래도 상관없는 이류개념일 뿐이어서 그녀는 초고층
으로 올라가는 엘리베이터를 탔다 버튼에도 점자가 새겨져 있
다 더듬어서라도 올라가겠다는 뜻이다 고도高度에 어울리는
시집살이가 그녀를 기다리는 중이다

그린벨트는 익심형 연결어미를 닮았다 수목이 무성할수록
저택은 복수담을 닮아간다 영락한 곽은 정원사로 취직하고,
진의 허리벨트는 나날이 치수를 더해가고, 어린 곽이 태어나

고…… 세 명의 곽 사이에서, 마침내 진이 닭똥 같은 눈물을 흘리며 정원의 초목에 기댈 때,

　가정법은 완성된다 스피노자는 신의 속성이 연장이라고 말했다 연장 방영의 끝에서 그들은 홍익인간이 될 것이다 삼인칭들의 족보를 완성할 것이다 사생활의 역사는 이면지에 기록된다 언제든 구겨버릴 수 있는, 혹은 언제든 채널을 돌릴 수 있는

개와 늑대의 시간
—드라마 3

　시치미는 꼬리표다 졸던 간호사가 시치미를 떼자 류柳와 박朴
은 운명을 맞바꾸었다 신생아는 누구나 똑같다 조그맣고 울고
놔두면 버려진다 어린 개와 어린 늑대처럼

　자라면서 류가 이빨을 드러냈다 박의 남자는 장張, 언덕 위
의 작은 집에서 살다가 박의 언덕만 한 집으로 옮겨왔다 박의
직업은 경리였지만 토지가 없었다 류가 박의 초가삼간을 다
불태웠다

　박은 A형이었으나 B급의 생활에 만족했다 무시받고 술에
취할 때마다 장은 박에게 전화를 건다 일종의 귀소본능이지만
날이 저문 후에 집을 나가 어슬렁거리는 개는 늑대와 구별되
지 않는다

　클라이맥스는 깨달음이다 박의 어머니가 사실을 안 뒤에 류
와 박은 집을 맞바꾸었다 환상의 뒷면은 환상이다 집에 들어
온 늑대는 일만 년이 지난 후에 개와 근사해진다 장의 앞면이
장이듯,

　장은 고아원 출신이다 어려서 박을 알았다 알고 보니 둘이
이복 남매였다는 사실을 판별하는 건 시청률이다 견물생심의

채널을 지나서 살아남으면 배다른 늑대들이 기다리고 있다

　졸던 간호사는 지금도 졸고 있다 세월이 많이 지났다는 얘기
다 애국가를 부르기 전에 잠에서 깨어나야 한다 알다시피, 굶
주린 애완견 다섯이 노파 하나쯤은 거뜬히 먹어치울 수 있다

에덴의 동쪽
—드라마 5

최崔는 두 개의 인생을 살았다 중앙선을 넘어온 트럭이 그를 횡단한 후에 이전 최의 인생은 납작해졌다 김밥처럼 검고 둥근 차바퀴가 그의 몸을 거듭해서 말아갔다

최의 목숨이 낙원에서 애면글면 망설일 때에, 지나가던 조趙가 그를 주워서 펴주었다 최의 기억은 김발처럼 가늘게 토막이 났다 거기 붙은 밥알처럼 어떤 얼굴이 떠오르기도 했으나,

그 얼굴이 한韓임을 알 도리가 없었다 도리란 그런 것이 아니겠는가, 아무리 애타게 불러도 최는 이미 강을 건넌 것이다 터진 김밥처럼 한의 얼굴은 그에게서 새어나간 것이다

한은 백방으로 최를 찾아다녔으나 도로에 그치고 말았다 그러던 어느 날, 도로를 벗어난 그녀는 대장균처럼 쏟아져내린 폭설에 길을 잃고, 지나가던 최에게 구원을 받게 된다

한이 최를 올려다보았을 때, 조의 남편인 그가 있었다 김밥이 쉬어터질 때의 심정이 이랬을 것이다 이걸 어떻게 만들었는데! 아직 그이와 소풍 가기도 전인데!

순정이라면 최의 상태는 치매 환자와 비슷해진다 전생과 이

생을, 낙원의 서쪽과 동쪽을 왕복하는 것이다 도로에 눕고 싶은 남자들을 어루만지며, 살아봤더니 그냥 그렇더라, 달래는 것이다

　그런데 그게 치정이라면 얘기는 복잡해진다 트럭은 뺑소니였고 사주는 조가 했으며 최는 가출했고 한에게는 동행이 있었더라는…… 일단 저지르면, 출가와 가출을 혼동하면, 그에겐

　어마어마한 소송이 뒤따라온다 서류를 가득 실은 트럭이 중앙선을 넘어온다 엎질러진 대장균처럼 돌이킬 수 없게 된다 그때가 되면 얘기는 상투적인 문장이나 상한 김밥 한두 줄로는, 결코 끝나지 않는다

분노의 포도
―드라마 6

주朱와 강姜은 호형호제하는 사이였다 한 잎새 아래 모여 있
는 포도 알들마냥 한 지붕 아래서 두 가족이 종주먹처럼 살았
다 작은 부엌을 사이에 두고 왼쪽이 주, 오른쪽이 강이었다 아
니, 반대였던가?

둘은 동고동락했다 문제는 동거동락이라는 오자誤字, 취기
는 본래 좌우를 가리지 못한다 술에서 깬 강 옆에는 사우디에
가 있던 주의 마누라가 누워 있었다 엎질러진 포도주였다

배반이 낭자하다의 그 배반이 아니었던 거다 아이는 작은 주
朱가 되었다 아버지와 아저씨가 이름과 방을 바꾸었던 셈이다
호형호제를 잘하면 호부호형을 못한다 아니, 호가호위였던가?

어느 날, 주의 마누라가 아이의 진짜 생일을 말했다 포도주
가 아니라 샴페인을, 그것도 너무 일찍 터뜨렸던 거다 귀국 날
짜를 세어본 주가 옆방으로 쳐들어가 술틀을 밟듯 강의 알을
터뜨려버렸다

오인의 구조란 그런 거다 피와 술은 물보다 진하지만, 취기
와 혈통이 합치면 혈중알코올농도를 높일 뿐이다 강은 예상치
못한 손님 때문에 제 두 손을 함뿍 적시고 말았다 호왈백만이

라, 제 것을 들고 울부짖으며

　포도와 분노의 공통점은 너무 익으면, 그렇게, 터진다는 것
이다

사춘기

인디애나 주의 단풍나무들은 17년마다 나이테를 부쩍 키운
다 17년 매미가 타고 오를 수 있도록 허리와 배에 힘을 주는
것이다 이제 다 큰 매미들이 졸업식 날 교복을 찢은 아이들마
냥 새빨갛게 몰려나온다 줄무늬다람쥐가 탈자처럼 매미들을
골라내도, 너무 많이 먹은 새들이 나는 걸 포기해도 매미들은
아랑곳하지 않는다 5월은 푸르구나, 다 자란 매미들은 수컷만
폭주족이다 매미의 발음근은 소음기를 뗀 오토바이여서 인디
애나 주를 미시시피 강까지 떠메고 갈 기세다 환골은 없이 탈
태만 하는 그 어린것들을 위해 17년 동안 나무는 수액을 내었
다 매미는 나무에 안겨 어른이 되고 사랑을 나누고 그리고 죽
는다 열흘 동안의 청춘, 그 다음은 없다 1조 마리가 한꺼번에
비료가 되었으므로 나무들은 17년마다 나이테를 부쩍 늘인다
어린것들 대신에 나이를 먹었으므로 뱃살이 좀 붙는 것이다

기록보관소

방명록
내게는 인명 색인으로만 된 책이 한 권 있지
어떤 이는 모자라고 말하고
다른 이는 헐거운 구두라고 말하는 것은
그들이 급히 이곳을 떠났기 때문

The water is wide*
  물에도 입술이 있다고 하겠다 모른 척 댔다가 서둘러 뗀 자
리가 있다고 말하겠다 뜯어낸 물 위에 떠내려가는 살점이 있
다고, 허기가 만들어낸 그림이라고 하겠다 서둘러 쓴 구절들
위로 엎지른 강물이라고 하겠다 너무 넓어서 미처 건널 수 없
는, 너무 건너서 돌아올 수도 없는

트렁크
  어떤 낙차는 트렁크 던지는 소리가 난다 호기심이 너무 풍
퉁한 탓이다 어미의 생문을 열고 나갈까 말까 망설이는 아이
처럼, 두 걸음 뗐을 뿐인데 뒤에서 닫힌 문처럼, 그 문의 반동
처럼 저기, 뒤뚱거리며

  계근장을 피해 돌아가는 과적 차량

뒷모습

얼굴을 기댈 수 없다면 그곳이 등이다

기대자마자 서둘러 넘어졌다면 그가 구두끈을 맨 것이다

계란 프라이처럼 그는 뜨거운 곳만 밟았다

이미 익었으므로 새벽닭이 울기는 틀렸다

케이크는 생일이 아니라 제 몸에 꽂은 초의 개수를 기억한다

어수선한 그의 발자국은 촛농들의 몫이다

뚝뚝 떨어지며 한때 제 몸을 지졌던

* 칼라 보노프(Karla Bonoff)의 노래.

불멸의 오랑우탄

종이와 펜을 쥐어준 다음 무한한 세월이 흐르면
오랑우탄이 햄릿을 쓸 수도 있다*고요? 진리는 우연한 것이
므로
옆집 여자의 옷 벗는 시간처럼
머리를 싸매쥔 그와 마주칠 수도 있다고요?
파지 너머에는 비명횡사한 아버지가 있고
엎지른 커피 물 위에선
미친 여자가 둥둥 떠내려가기도 한다고요?
조물주는 하급신이어서 저의 근원이 저라고 생각한다고
영지주의자들은 가르칩니다
제 근원이 자신임을 모르는 오랑우탄은
확실히 고수지요 양곤마兩困馬도 오궁도화五宮桃花도
오랑우탄의 몫은 아니지요
가만히 앉아서 바나나나 까먹는 모습이
불멸의 엠블럼이라면
무릎 사이에 머리를 묻고 죽느냐, 사느냐
중얼거리는 건 예정된 비극이로군요
답은 언제나 전자니까요
죽음이 패를 뒤집을 때까지 게임은 계속되고
오랑우탄의 집필도 계속되지요
햄릿은 죽고 종이는 구겨지고 펜은 부러져도

저 불멸의 짐승은 주름 많은
제 손금을 들여다보고 있겠죠 서쪽에서 귀인이 올 테니
어서 바나나 껍질이나 치워라, 그러면서
서둘러라, 옆집 여자 옷 다 입겠다, 그러면서

* 루이스 페르난도 베리사무, 《보르헤스와 불멸의 오랑우탄》에서.

김선우
바다풀 시집 외

1970년 강원도 강릉 출생.
강원대 국어교육과 졸업.
1996년 《창작과비평》으로 등단.
시집 《내 혀가 입 속에 갇혀 있길 거부한다면》《도화 아래 잠들다》
《내 몸속에 잠든 이 누구신가》, 산문집 《물 밑에 달이 열릴 때》《김선우의 사물들》
《내 입에 들어온 설탕 같은 키스들》, 장편소설 《나는 춤이다》 등.
현대문학상 수상.

바다풀 시집

백수인 걸 한 번도 부끄러워한 적 없어요
직장을 가져야 한다는 생각 안 해보고 살았죠
출퇴근, 이런 말이 나오면 똥 마려운 강아지처럼
낑낑거리며 도망다녔죠 굶지 않을 만큼만 글 써서 벌고
죽지 않을 만큼만 여행할 수 있으면 족했죠
그런데 이제 취직하고 싶어요
생애 최초의 구직 욕망이에요 (아, 살짝 부끄러워요)

바다풀로 종이를 만드는 공장에 취직하고 싶어요
바다풀로 종이를 만드는 기술이 발명되었다, 소식을 듣자마자
내 손이 이력서를 쓰고 있어요

나무들의 유령에 쫓겨 발목이 자꾸 끊어지는
잊을 만하면 덜컥 나타나는 악몽이 지겨워요
청동구두 같은 종이구두가 무서워요 (저 좀 들여보내주세요)

바다풀로 만든 종이로 시집을 묶고 싶어요
나무들에 대한 진부한 속죄는 말고
다가올 결혼식까지 속죄하긴 싫으니까
바다풀 냄새 가득한 공장에 취직하고 싶어요
바다풀 시집 자서自序엔 딱 세 줄만 쓸 거예요

나무의 피 냄새가 가시지 않아 아주 지겨운 날들이었어.

나는 그만 손 씻을래.

너를 사랑해.

이건 누구의 구두 한 짝이지?

　내 구두는 애초에 한 짝, 한 켤레란 말은 내겐 폭력이지 이건 작년의 구두 한 짝 이건 재작년에 내다버렸던 구두 한 짝 이건 재활용 바구니에서 꽃씨나 심을까 하고 살짝 주워온 구두 한 짝, 구두가 원래 두 짝이라고 생각하는 마음氏 빗장을 푸시옵고 두 짝이 실은 네 짝 여섯 짝의 전생을 가졌을 수도 있으니 또한 마음 푸시옵고 마음氏 잃어버린 애인의 구두 한 짝을 들고 밤새 광장을 쓸고 다닌 휘파람 애처로이 여기시고 서로 닮고 싶어 안간힘 쓴 오른발과 왼발의 역사도 긍휼히 여기시고 날아라 구두 두 짝아 네가 누군가의 발을 단단하게 덮어줄 때 한쪽 발이 없는 나는 길모퉁이 쓰레기통 앞에서 울었지 울고 있는 다른 발을 상상하며 울었지 내 구두는 애초에 한 짝, 한 켤레란 말은 내겐 폭력이지 그러니 내가 만든 이 얼음 구두 한 짝은 누구에게 선물할까 두 짝 네 짝 여섯 짝의 전생을 가졌을 구두 한 짝은,

눈많은그늘나비

그지 같아! / 응? / 거지 같다구 사는 게 / 거지가 뭐 어때서? / ……가자. /
……그래 가자.

야산 오솔길 벤치에 꼭 붙어 있던 두 사람, 일어나 약수터
쪽으로 걸어간다 눈많은그늘나비 벤치 밑에서 저공비행 중,

    당신 정말 눈이 많군요
    그렇담 그늘도 많겠군요
    그런데 날개는 넉 장뿐이군요!

벤치 옆에서 까마중과 개망초 흔들린다 까마중 열매가 입을
동그랗게 오므리고 개망초 꽃자리에 후후 불을 켠다 어릴
땐 이걸 계란꽃이라 불렀어 계란 프라이 같은 비명 몇 점이
꽃대에 매달려 지,글,지,글, 눈많은그늘나비 계란꽃 위에 앉
으려다 발 데어 벤치 밑으로 다시 들어가고,

그지 같아! / 응? / 거지 같다구 사는 게 / 거지가 뭐 어때서? / ……가자. /
……그래 가자.

약수터에서 물 한 통 받은 두 사람 벤치 앞을 다시 지난다
눈많은그늘이 겹겹이 쌓인 벤치 밑, 나비가 호호 발을 분다

이 벤치엔 비밀이 많다 가장 가까운 비밀은 일주일 전 눈많은그늘 할아버지, 사흘째 잠에서 깨지 않는 그를 나흘째 경찰이 와서 마대자루에 담아갔다 지겨운 거지들! 벤치 밑의 눈많은그늘나비가 사람에게서 배운 그늘의 말이었다

구석 그리고 구석기 홀릭

나, 구석 홀릭이 있어 그녀가 말하고 나는 춤춘다 응? 구석
기 홀릭? 나는 사로잡혔어 최초의 동굴벽화를 그린 손에

큰 달님을 그려야지 아직 계급이 나뉘지 않았을 때 사냥한
물소를 골고루 나누던, 흰 물소의 영혼이 우리를 용서하던 때

구석에서 그녀가 푸르르 몸을 떤다 달의 중심으로 날아가 박
히는 깃털들, 살이 점점 무거워져…… 이러다 나는 법을 영영
잊겠어…… 잠이 와…… 그녀가 구석에 스르르 주저앉는다 나,
구석 홀릭이 있어 구석엔 구겨져도 아픔을 모르는 착한 혼魂들
이 살지

큰 달이 뜬 들판에서 춤을 추며 꽃을 따던 구석기의 여자를
생각하네 나는 생각하고 그녀는 구겨지네 너는 은빛 늑대의
혼을 걸쳐도 좋으련만 너는 은빛 속에 고운 잠, 들어도 좋으
련만

불면이 깊은 그녀는 구석 홀릭, 비틀거리며 잠을 자러 구석
으로 오지만 45억 살 중 1억 살도 먹지 않은 오늘의 은빛은 차
가워 백만 년의 은빛은 벌거숭이라 아직 추워

나는 말하고 그녀는 춤춘다 구석 홀릭의 무거운 혼, 구석기의 잠 속에서만 우리는 춤춘다

얼음놀이

살처분, 이라고 했다.
집단 살해, 라고 말할 수 없으니까.
TV를 끄고 나는 구역질을 시작했다.

얼음놀이를 시작해 얼음집에 들어오면 얼음닭이 되어 살 수
있어 병들지 않았는데 왜 내가 죽어야 해요? 왜 함께 죽어야
해요? 질문은 용납되지 않아 얼음집에 들어와 얼음놀이할 테
야 닭이, 오리가, 소년이, 소녀가, 쿵쾅쿵쾅 얼음! 얼음! 외치
는 소리

"몸서리치다"

얼음집 주련에 내려진 붉은 글씨
이 말은 얼음집의 절창
몸속에 서리가 들어차는 것
몸 밖에 서리가 들이치는 것
몸에 내린 서리를 치우고 싶은 것
치우기 위해 치떠는 것
치떨며 온몸에 서리가 꼭꼭 들어차는 것

서리: 살처분할 수 없는 물들의 깍지 끼기

몸서리치는 새들아 얼음집에 들어와라 쿵쾅쿵쾅 얼음! 얼음! 슬픈 마녀의 머리카락처럼 자라라, 얼음아, 얼음집을 머리카락 그물에 넣어 먼 하늘로 날아갈 테다 머언먼 하늘에 서리를 풀듯 새들을 풀어놓을 테다 따뜻한 햇살 닿아 얼음이 녹으면 너희는 새로운 날개를 얻어라

12월 마지막 날 B형 여자의 독백
—13월에게

우리 종족의 피가 네 종류뿐이란 게 부끄러워요
더 많은 피의 비밀이 있을 텐데
고작 네 종류밖엔 감당하지 못하는 걸 테니까
네 종류 피는 질서 유지의 한도
네 종류 피 속에 숨어 있는 팔만사천 가지 비밀 얘기들이 궁
금해
나는 전사가 되었어요 오늘은 12월의 마지막 날

저 새의 혈액형을 알아다주세요
내가 사랑하는 돌고래의 혈액형
귀여운 펭귄과 신비한 늙은 코끼리의 혈액형
아카시아잎 오물거리는 푸른 자벌레의 혈액형
기린과 오로라의 혈액형, 나를 홀리는 모든 존재들의 피가
궁금해
어젯밤 시실리에 떨어진 운석에 묻어 있는
얼음 종족 당신의 혈액형도, 알려주세요

당신에게 헌혈할 수 없어 안타까워요
오늘은 12월의 마지막 날
내게 남은 스물세 번의 12월, 그 첫 번째 12월
팔만사천 개의 혈액형이 반딧불처럼 발광하는

13월을 불러줘요 내 피를 줄게요

겨우살이
—그림자의 사전 1

겨울 숲 새둥지처럼 군데군데
한없이 여린 풀빛이 뭉쳐 있다
물세탁된 지폐처럼 보드라운 풀빛

인간의 사전은 그 풀빛을 '기생'이라 부르지만
참나무와 겨우살이의 공생은 그들의 사정
옹이가 더러 굵어지고 열매를 조금 덜 맺지만

조금 덜 가지고 함께 살 수 있어 참 재미난다고
쪼글한 입매를 가리며 웃는 참나무의 말을 들었다고 할까

이 나무 아래서 키스하면 결혼하게 된대!
전설을 즐기는 겨우살이와 참나무가
소소하게 벌이는 파티 소식
신비가 사라진 세상을 위로하는
겨우살이의 마법을 보았다고 할까

꼭 집어 말할 순 없지만 이것 하나,
산천초목의 마음이 모두 인간의 사전 같을라구!

목련 열매를 가진 오후

목련 꽃을 사랑하는 이에게
목련 열매를 마저 보여주어라

꿈지럭거리며 허물 벗는 무섬증 같은

여러 개의 심방을 가진 심장
분열하는 붉은 열매를 찢고

꽃이 사뿐 날아오를 때

꽃을 기억하는 사람의 꽃이 아니라
꽃이 기억하는 열매까지 보여주어라

꽃으로 보여주어라

김남조 서정의 확충과 시적인 시선

— 사물을 바라보는 선<u>볽</u>스러운 시선과 품격 있는 언어 구사

오세영 삶의 따뜻한 시선

— 삶의 원형적 순결성과 태곳적 안식을 느낄 수 있는 시편들

문정희 이미지를 언어로 포착하는 힘

— 풍경이나 상황을 즉물적으로 묘사하는 탁월함

송수권 소월의 계보학

— 소월 시의 계보를 잇는 시적 미학의 우수성

권영민 이지와 감성의 시적 균형

— 사물에 대한 섬세한 감각과 내면을 울리는 깊은 정감

서정의 확충과 시적인 시선

박형준 시인의 시는 온화하고 깊이 있는 서정에 기본을 두면서 사물을 바라보는 다양한 각도를 제시함과 아울러 그 시선이 선뜻스럽고 또한 언어 구사에 있어서도 절도와 품격이 느껴졌다.

김남조(시인)

이제 소월시문학상은 그 품계의 높이만큼 문학적 소임도 막중해졌다. 어느덧 20여 회에 걸쳐 성대한 시상식으로 축복과 촉망을 입어온 수상자들은 그 하나 확실한 계보를 이루었고 또한 누구 하나 허약한 시인이라곤 없다.

올해도 치밀 성실한 예심을 거쳐 본선 경합에 오른 열네 명의 후보 군단은 질량 간에 풍요로웠으며 심사위원들은 토의를 거듭하며 점차 윤곽을 가다듬어 박형준, 송재학, 이재무, 장석남을 남기게 되었다. 물론 이들의 작품은 지난 한 해의 것으로 한정하여 살펴보는 것이기에 각 시인의 작품적 역량 그 근본을 두고서의 평가는 아니다.

박형준과 송재학의 두 시인으로 좁혀졌다가 박형준을 올해의 수상자로 순탄하게 합의를 보았는데, 그 이유의 하나는 그가 근년에 여러 차례 수위 다툼을 해온 사실에서 그의 작품이 근래의 몇 년 동안에는 조금도 침몰현상을 보이지 않았다는 점에 대한 신뢰도가 수상 결정을 거들었다고 말할 수 있다.

그의 시는 온화하고 깊이 있는 서정에 기본을 두면서 사물을 바라보는 다양한 각도를 제시함과 아울러 그 시선이 선禪스럽고 또한 언어 구사에 있어서도 절도와 품격이 느껴졌다.

송재학도 여럿 시적 장점을 지니면서 또한 날이 선 역동감이 그 자신의 시를 보강해주는 점이 눈에 띄곤 했다.

이재무, 장석남 두 분 시인도 수차에 걸쳐 개성 있는 우수 작품을 보여준 선수 군단의 멤버들이며 장석남 시인은 올해가 예년에 비해 다소 저조했음을 아쉽게 생각한다.

그밖에도 좋은 작품들이 적지 않았기에 후일을 위한 귀중한 유보라고 말하고자 하며 여러분 모두의 문학적 대성을 온 마음으로 축원한다.

삶의 따뜻한 시선

박형준 시인의 시는 산업사회에 대한 일종의 안티테제로 씌어지고 있는 듯하다. 그리하여 우리가 그의 시에서 삶의 원형적 순결성과 태곳적 안식 같은 것을 느끼게 되는 것은 자연스럽다.

오세영(시인)

여러 분의 대상 후보작들 중에서 박형준 씨의 〈가슴의 환한 고동 외에는〉을 수상작으로 뽑는다. 마지막까지 논의된 시인으로는 이재무 씨가 있었으나 결국 박형준 씨로 결정하는 데 만장의 일치를 보았다.

문학상 심사를 하면서 항상 느끼는 것이지만 작품 평가라는 것이 꼭 정확하거나 절대적일 수 없다는 점이다. 시장의 상품처럼 품질을 비교 가능할 수 있는 객관적 기준도 없다. 그런 까닭에 문학비평에서는 소위 인상비평이라든가 취향비평이라는 방법론까지 거론되는 것이다. 그런 점에서 이번 수상작 역시 궁극적으로는 심사위원의 주관적 취향이랄까 선호도 어느 정도 작용했으리라 생각된다.

어떻든 다른 분들의 작품에서보다 더 감동을 받은 결과였을 터인데 사실 한 작품에서 받은 감동을 객관적 논리로 어떻게 분석 실증해 보일 수 있을 것인가. 이야말로 문학론에서는 '문학비평이란 과연 가능한가' 하는 기본적 명제에 해당하는 문제이기도 하다.

박형준 씨는 그동안 우리 시단에서 오랫동안 주목의 대상이 되어온 시인인 까닭에 새삼 이 자리에서 왈가왈부하지 않도록 하겠다. 다만 자연과의 교감을 통해 보여준 삶의 따뜻한 지평이 그의 세련된 언어의 아름다움에 힘입어 화사한 수채화로 형상되어 있다는 사실만큼은 지적하고 싶다. 그의 시는 산업사회에 대한 일종의 안티테제로 씌어지고 있는 듯하다. 그리하여 우리가 그의 시에서 삶의 원형적 순결성과 태곳적 안식 같은 것을 느끼게 되는 것은 자연스럽다.

이재무 씨의 작품 역시 내 개인적으로는 당선작 못지않은 수준에 닿아 있다고 생각한다. 특히 요 근래에 발표된 작품들은 원숙한 경지에 다다른 듯싶다. 이재무 씨의 시적 특징은 대상을 단지 감각적 혹은 해체적인 의식으로 묘사해 보여주는 우리 시단의 잘못된 시류와는 달리 건강한 인생론적 담론을 함축하고 있다. 그 점이 시류에 눈먼 사람들에겐 다소 긴장감이 해이해 보이거나 유행투에 벗어나 있다는 느낌을 줄지도 모른다.

송재학 씨는 시를 좀 더 쉽게 썼으면 한다. 쉬운 이야기를 일부러 어렵게 쓴다는 느낌이다. 김백겸 씨는 조금 사변적인 요소를 줄이고 간결한 아름다움을 지향하면 어떨까. 장석남 씨는 상상력의 비약이 지나치다는 느낌을 받았다. 김선우 씨의 작품 역시 내 개인적으로는 당선작의 수준에 다다라 있다는 느낌을 받았다. 우선 개성이 돋보이고 시 세계가 참신했다.

그러나 아직 문단 연륜이 미흡하다는 심사위원들의 의견이 많았다.

박형준 씨의 수상을 진심으로 축하한다.

이미지를 언어로 포착하는 힘

반뜩이는 이미지를 언어로 포착하는 힘, 풍경이나 상황을 즉물적으로 묘사하는 탁월함은 박형준 시인을 대상 수상 시인으로 선정하는 데 부족함이 없었다.

문정희(시인)

예심을 통과하고 본심에 오른 후보는 열네 분이었다. 최근 발표 지면의 증가 때문인지, 왕성한 창작욕 때문인지 전반적으로 시인들 모두가 만만치 않은 편수의 작품들을 생산, 발표했음을 알 수 있었다.

아쉽게도 양적으로 많은 작품 수에 비해 질적으로 눈에 확 띄는 작품은 드물었다. 예술작품은 대단지로 분양하는 상가 건물이나 아파트의 위용이 아니지 않는가. 오직 하나의 피사의 사탑, 오직 하나의 생각하는 사람, 오직 하나의 다이아몬드 박힌 해골을 만든 데미안 허스트를 찾는 일은 그래서 지난하기만 했다.

장석남, 박형준, 송재학, 이재무로 의견을 좁힌 후 심사위원들은 다시 숙고에 숙고를 거듭했다.

절차상 후보를 축소했지만 이 시인들 외에도 오랫동안 눈여

겨보며 시적 변모와 저력을 주목한 시인들이 다음 기회로 미루어져서 참 아쉬웠다.

기실 가장 좋은 시 한 편과 시인을 골라낸다는 것 자체가 무리라는 생각이 들었다.

후보에 오른 시인들은 그중 누가 대상이 되어도 손색이 없을 만큼 최근 들어 시의 진경을 보여주는 시인들이다.

송재학의 밀도 있는 사색의 힘, 새로운 시어의 탐색은 주목 대상이 충분히 되고도 남았다. 장석남의 고요한 시적 포착력과 최근 들어 부쩍 그 격을 높이고 있는 자연스런 시어 구사력은 그가 얼마나 탁월한 서정 시인인가를 충분히 보여주는 대목이라 아니할 수 없다. 이재무의 잘 트인 목청과 정서적 균형 감각도 오래전부터 주목한 바이다.

결국 심사위원들의 관심은 박형준에게 모아졌다.

반뜩이는 이미지를 언어로 포착하는 힘, 풍경이나 상황을 즉물적으로 묘사하는 탁월함은 그를 대상 수상 시인으로 선정하는 데 부족함이 없었다.

앞으로 그의 시 속에 거칠고 광활한 시대에 대한 천착, 광기와 도발의 힘까지 가세하여 부디 큰 시인으로 우뚝 서게 되기를 기대한다.

소월의 계보학

한마디로 박형준 시인의 시선은 차고 냉혹하면서도, 언어가 밀어 올리는 이미지의 힘은 따뜻하다. 못나고 가난한 삶의 이야기지만 얼음 구덩에서 솟아나는 생의 에너지가 치열하고 가열하다.

송수권(시인/순천대 명예교수)

열네 분의 작품을 놓고 장시간 논의에 논의를 하여 송재학, 박형준, 장석남, 이재무 등의 작품이 1차 대상으로 선정되었다. 거듭 논의를 거친 결과 박형준과 송재학으로 압축되었고, 어느 분이 소월의 계보학의 근원적 뿌리에 접근하고 있는가의 물음에서 결국 박형준이 만장일치로 선정되었다.

송재학의 〈늪의 內簡體를 얻다〉와 〈절벽〉은 의고체擬古體의 패러디와 지용 시의 흔적이 지적되어 소월과는 다소 차이성이 있다는 점 등이 논란이 되었고, 박형준의 〈가슴의 환한 고동 외에는〉과 〈근원 가까이에서 울고 있는 새들〉은 삶과 죽음의 근원적 문제를 다루고 있어 소월의 계보학에 보다 접목되어 있다고 생각했다.

송재학의 〈늪의 內簡體를 얻다〉에서는 늪(T)을 비단 보자기 (V)로 뒤집어놓는 눈부신 언어에 매료되었고, 〈절벽〉에서는 생의 단단함으로 결박되어 있는 의지를 읽을 수 있었다.

박형준의 〈가슴의 환한 고동 외에는〉과 〈근원 가까이에서 울고 있는 새들〉에서는 바람, 얼음, 비, 새벽 등의 이미지들이 매우 투명하고 차가운 시적 아우라를 빚고 있어, 삶의 의미를 재생시키는 전통미학의 수용이 돋보였다.

"그늘 속에서 피우는/ 회양목의 작은 노란 꽃망울이 얼마나 아름다운지/ 눈꺼풀에 올려논 지구가 물방울 속에서/ 내 발밑으로 꺼져가는데" 〈가슴의 환한 고동 외에는〉 부분)

"텅텅텅/ 얼음 위에 울리는/ 성스러운 시간/ 새 떼들의 날갯죽지에서 빛나는/ 까아만 살얼음" 〈근원 가까이에서 울고 있는 새들〉 부분)

한마디로 그의 시선은 차고 냉혹하면서도, 언어가 밀어 올리는 이미지의 힘은 따뜻하다. 못나고 가난한 삶의 이야기지만 얼음 구덕에서 솟아나는 생의 에너지가 치열하고 가열하다.

존재의 근원적인 물음과 삶 속에서의 살아 움직이는 직정적인 시가 소월 시의 힘이라면, 박형준이 전통미학의 계보에 있다는 판단 때문에 최종적으로 그에게 기꺼이 한 표를 던졌다. 열네 분 모두에게 축하 메시지를 보내며 성취를 빈다.

이지와 감성의 시적 균형

박형준 시인의 시적 언어는 때로는 내적 율조와 이어지면서 특이한 시적 감동을 불러일으키기도 한다. 그러나 무엇보다도 높이 평가해야 할 것은 사물에 대한 이지와 감성의 결합을 통해 시적 균형을 결코 놓치는 법이 없다는 점이다.

권영민(문학평론가/서울대 국문과 교수)

2009년 제24회 소월시문학상 최종심에 오른 시인의 작품들은 한국 현대 시단의 경향과 특징을 잘 보여준다. 전반적으로 언어와 기법의 실험이라든지, 사회와 현실에 대한 비판적 인식이라든지 하는 것보다는, 서정적 전통에 기대어 사물을 인식하고 자기 내면을 관조하거나 내적 정서의 추구에 치중하고 있는 작품들이 많다.

최종 심사과정에서 박형준 시인의 언어와 감각, 송재학 시인의 자연에 대한 인식, 이재무 시인의 서정적 세계 등에 대해 관심을 표하면서 장석남 시인의 근작에 관한 나 자신의 이해를 몇 차례 언급하였다. 그러면서도 박형준 시인의 작품에서 볼 수 있는 정서의 진폭, 시적 언어와 율조의 미묘한 긴장, 섬세한 감각과 그 언어적 형상 등에 지지를 보냈다.

박형준 시인은 서정시의 전통을 결코 외면하지 않는다. 이 시인의 언어에는 사물에 대한 섬세한 감각과 함께 내면을 울리는 깊은 정감이 묻어난다. 이러한 시적 언어는 때로는 내적 율조와 이어지면서 특이한 시적 감동을 불러일으키기도 한다. 그러나 무엇보다도 높이 평가해야 할 것은 사물에 대한 이지와 감성의 결합을 통해 시적 균형을 결코 놓치는 법이 없다는 점이다. 자칫 평범으로 빠져들기 쉬운 일상적 현실에 대한 시적 인식에서도 박형준 시인은 언어적 감각의 예리함을 통해 새로운 시적 긴장을 살려낸다. 이러한 시인의 개성적인 시법은 한국 서정시의 전통을 현대적으로 재해석하고자 하는 시인의 끈질긴 자기 확인을 통해 이루어낸 하나의 시적 성취라는 점을 높이 평가해야 한다.

　　모든 심사위원들의 지지를 얻게 된 박형준 시인에게 다시한 번 축하를 보낸다.

제24회 소월시문학상 작품집

초판 1쇄_2009년 5월 4일
초판 2쇄_2009년 11월 30일

지은이_박형준 외
펴낸이_임대현
펴낸곳_(주)문학사상
주소_서울특별시 송파구 오금동 91번지(138-858)
등록_1973년 3월 21일 제1-137호

편집부_3401-8543~4
영업부_3401-8540~2
팩시밀리_3401-8741~2
한글도메인_문학사상
홈페이지_www.munsa.co.kr
E메일_munsa@munsa.co.kr
지로계좌_3006111

잘못 만들어진 책은 구입하신 서점이나
본사에서 바꾸어 드립니다.

값은 표지 뒷면에 표시되어 있습니다.

ISBN 978-89-7012-837-5 03810